KB178397

춘향전

책임 편집 정병헌

서울대학교 국어교육과를 졸업하고, 같은 학교 대학원에서 석사학위와 박사학위를 받았다. 현재 숙명여자대학교 한국어문학부 교수이다. 저서로 『신재효 판소리 사설의 연구』, 『한국고전문학의 비평적 이해』, 『고전과 함께 떠나는 문학여행』 등이 있다.

한국 문학을 읽는다 10

춘향전

인쇄 2013년 12월 10일
발행 2013년 12월 16일

지은이 · 미상
펴낸이 · 김화정
펴낸곳 · 푸른생각
책임편집 · 정병헌 | 교정 · 김소영

등록 제310-2004-00019호
주소 서울시 중구 충무로 29(초동) 아시아미디어타워 502호
대표전화 02) 2268-8706(7) | 팩시밀리 02) 2268-8708
이메일 prun21c@hanmail.net
홈페이지 www.prun21c.com

ISBN 978-89-91918-32-0 04810
ISBN 978-89-91918-21-4 04810(세트)
값 11,000원

이 도서의 국립중앙도서관 출판시도서목록(CIP)은 서지정보유통지원시스템 홈페이지(http://seoji.nl.go.kr)와 국가자료공동목록시스템(http://www.nl.go.kr/kolisnet)에서 이용하실 수 있습니다.(CIP제어번호: CIP2013026549)

한국 문학을 읽는다

춘향전

작자 미상

책임편집 정병헌

누군가를 사랑한다는 것은 자신을 그와 동일시하는 것이다.

— 아리스토텔레스(고대 그리스의 철학가, BC 384~BC 322)

춘향의 다양한 모습 찾아보기

『춘향전』은 본래 판소리로 불리어지다가 소설로 정착한 작품이다. 이야기로 전승되다가 판소리로 불리고, 또 소설로 이루어졌기 때문에 그 작가를 분명하게 알 수는 없다. 그러나 이렇게 오랜 세월 동안 일반 대중의 사랑을 받아오면서 이루어졌기 때문에, 작가는 바로 『춘향전』을 읽은 사람들 모두라고 할 수 있다. 그만큼 많은 사람들이 이 작품에 열광하였고, 그래서 우리 고전을 대표하는 최고의 작품으로 인정될 수 있었다.

춘향은 조선 시대, 어느 곳에서나 찾을 수 있는 평범한 소녀였다. 그러나 신분상으로 천한 기생의 딸로 태어났기에 자유롭게 사랑하고 행동할 수가 없었다. 그런 춘향이 사또 자제인 이몽룡과 사랑에 빠졌고, 그 사랑하는 사람을 위해 자신의 모든 것을 걸고자 했다. 서울로 돌아간 낭군을 위하여 굳세게 절개를 지키고자 하였고, 그래서 신관사또의 수청 요구를 죽음으로 맞서며 거부하였다. 기생 신분의 여인으로서는 지켜낼 수 없는 일이었기에, 이러한 행동은 그야말로 죽음을 각오한 것이었다. 이몽룡은 지방의 천한 기생인 춘향과의 약속을 지키고자 암행어사가 되어 내려왔고, 춘향의 지고지순한 사랑을 확인할 수 있었다. 그래서 둘은 부부가 되어 행복한 삶을 누릴 수 있었다.

커다란 줄거리는 이렇게 간단하지만, 그 속에 담긴 의미는 말할 수 없이 크다. 신분을 뛰어넘어 마음대로 사랑한다는 것이 조선 시대에는 가능하지 않았다. 지금도 부모의 거센 반대가 있어 결혼을 하지 못하는 젊은이들이 많다. 하물며 천한 신분과의 결혼이 불가능했던 조선 시대였기에, 이는 상상도 할 수 없는 일이었다. 그런데도 춘향은 이몽룡을 사랑했고, 또 이몽룡은 그런 춘향과의 약속을 지켰다. 이는 집단의 이념이나 가문의 명예보다 개인의 감정을 더 중시하고 있다는 점에서 근대적인 의식의 산물이라고 할 수 있다.

현실에서는 이루어질 수 없는 일이었기에, 우리 선인들은 춘향과 이몽룡의 사랑 속에서 자신의 마음속 깊이 감추어진 개인적 열망을 확인하였다. 자신들이 할 수 없었던 일을 성취해가는 두 젊은이에게 응원의 손길을 보냈던 것이다. 자신이 살고 있는 현실을 만족스럽지 않다고 생각하면서도 대부분의 사람들은 주어진 환경을 운명처럼 받아들이고 체념하며 살아간다. 그런데 춘향은 기생이라는 엄청난 신분상의 제약을 가지고 있으면서도 이를 벗어나고자 노력하였다. 그런 춘향의 모습을 보면서 우리도 자신에게 부과된 제약을 떨치기 위해 노력해야 한다는 자각을 하게 되는 것이다.

자신의 목표를 이루어나가는 춘향의 모습은 지극히 사랑스럽고 또 애잔하다. 연약하고 힘없는 서민 처녀였기 때문이다. 그러나 춘향은 일생을 같이하기로 약속한 사랑을 지키기 위하여 자신의 목숨을 바칠 각오를 하였다. 동헌에서 피를 튀기며 맞았고, 그리고는 생일잔치에서 죽기로 되어 있으면서도 처음 맺었던 사랑의 약속을 실천하고자 했다. 그런 춘향의 행동은 누구나 할 수 없었던 일이었기에 이 작품을 읽는 독자들은 마음속으로 열렬한 지지를 보냈던 것이다.

대부분의 이야기에서 이몽룡은 춘향을 만나자 그 외면적인 아름다움을 보며 바로 사랑에 빠지게 된다. 그리고 자신의 높은 신분을 이용하여 서슴없이 춘향에게 다가갈 수 있다고 생각하였다. 이는 그 당시 양반가의 자제들이 일반적으로 취할 수 있는 행동이었다. 그러나 이몽룡은 이것으로 끝나는 사람이 아니었다. 그는 춘향과 만나면서 변화되었다. 춘향의 현실과 이상을 이해하고, 춘향의 성취를 위해 자신의 모든 것을 바칠 수 있는 그런 사람으로 변했던 것이다.

진정한 사랑이란 이렇게 서로를 변하게 만든다. 사랑 앞에서 고민하지 않고, 스쳐가는 숱한 군중의 하나처럼 아무런 변화를 주지 않는다면, 그것은 진정한 사랑이 아닐 것이다. 이몽룡은 그런 변화를 겪고, 한낱 천한 기생인 춘향과의 약속을 지키고자 했던 사람이다. 그

약속이란 자신이 누려왔던 기득권을 포기하는 것이었고, 나아가서는 자신이 속한 집단에서 쫓겨날 수도 있는 것이었다. 그것은 조선조를 지탱했던 신분제도를 허무는 것이기도 하기 때문이다.

그래서 이몽룡이 암행어사가 되어 춘향을 만나러 오는 길은 역사를 뒤바꾸는 장엄한 행렬이다. 그 선택이 있기까지 이몽룡은 숱한 번민의 나날을 보냈을 것이다. 그런 이몽룡이었기에 춘향은 자신의 인생을 걸었다. 자신의 외모가 아니라 내면의 진정성을 이해하고, 자신의 성취를 위해 동조하는 이몽룡이었기 때문이다. 그런 점에서 춘향과 이몽룡은 서로에 대한 깊은 이해와 사랑을 바탕으로 그들 앞에 닥친 모든 난관을 헤치고 승리한 사람들이라고 할 수 있다.

『춘향전』의 위대성은 그들의 사랑과 결연이 그들 개인의 행복만으로 끝나지 않았다는 점에 있다고 할 수 있다. 춘향은 제도로 인정된 신분의 차별을 받아들이지 않고 그 굴레에서 벗어나는 용기를 보여주었다. 그리고 이몽룡은 온갖 기득권을 다 포기하고 춘향의 개인적인 성취를 도와주었다. 그래서 그들의 승리는 춘향과 같이 미천한 신분의 사람들, 나면서부터 운명적으로 허접스럽게 살기로 되어 있는 사람들에게 실낱같은 희망을 갖게 하였다. 그리고 신분제도의 혜택 속에서 당연한 듯이 호사를 누리던 사람들에게 부끄러움을 안겨주었다.

생각하면 말도 안 되는 신분과 이념, 성별 차이로 사람을 차별하고,

또 이를 당연한 듯이 받아들이던 시대가 있었다. 어떤 사람은 거만한 몸짓을 하며 책이나 읽기로 되어 있고, 또 누구는 죽도록 상전을 위해 노예로서의 삶을 영위하도록 되어 있다는 것은 얼마나 기가 막힌 일인가. 신분에 따라서는 사랑하는 대상도 달라야 하고, 그리고 그 방법도 달라야 한다면 그 얼마나 처참한 일인가. 그래서 우리의 역사가 그래도 나은 방향으로 진전되었다고 한다면, 그것은 바로 우리의 역사가 인간의 평등을 향해 흘러왔다는 점에서 찾을 수 있다. 그 음침한 차별의 베일을 벗고 광명의 세계로 나올 수 있었기에 우리는 부끄럽지 않은 삶을 영위하고 있는 것이다. 춘향과 이몽룡의 사랑은 바로 그런 평등을 향한 의식의 각성과 가능성을 행위로 보여준 것이었다. 『춘향전』은 그런 그들의 사랑과 행동을 보여주었다는 점에서 고전으로서의 가치를 지니고 있다.

푸른생각에서 기획하여 발행하는 '한국 문학을 읽는다' 시리즈는 작품의 원문을 충실하게 실었다. 어려운 단어에는 낱말풀이를 세심하게 달아 작품의 이해를 돕고 본문의 중간 중간에 소제목을 붙여 이야기의 흐름을 놓치지 않도록 하였다. 또한 각 작품에 들어가기 전에 등장인물을 소개하고, 수록한 작품 뒤에는 줄거리를 정리한 〈이야기 따라잡기〉를 마련해 놓았다. 그리고 〈쉽게 읽고 이해하기〉를 마련해 작품의 세계를 좀 더 깊게 이해할 수 있도록 했다.

춘향과 이몽룡의 이야기는 개인의 성취를 가로막는 제도가 당연한 듯이 인식되던 시대에 이루어졌다. 그런데 우리가 살고 있는 이 시대는 사랑하는 사람끼리 자유롭게 사랑하고, 또 적성에 따라 자신의 미래의 세계를 마음대로 설계할 수도 있다. 그러나 이러한 시대에도 차별의 요소는 알게 모르게 많이 남아 있다. 그리고 그런 차별을 인식하지도 못한 채 살아가는 사람들도 있다. 그런 차별에 의하여 숨 막히는 삶을 살아가는 사람들은 지금도 여전히 존재하고 있는 것이다. 『춘향전』은 이처럼 시대를 뛰어넘어 공감할 만한 보편적 인간의 모습을 담고 있기에, 여전히 배우고 따라야 할 소중한 교훈을 얻을 수 있다. 『춘향전』의 독서와 감상을 통해 우리가 살고 있는 이 시대와 사람들에 대한 폭넓은 생각과 자기 성찰이 있기를 바란다.

책임편집 정병헌

차례

한국 문학을 읽는다 춘향전

낱말 하나가 삶의 모든 무게와 고통에서 우리를 해방시킨다. 그 말은 사랑이다.

— 소포클레스(고대 그리스의 시인, BC 496~BC 406)

『춘향전』은 성춘향과 이몽룡이

오월 단오일에 광한루에서 만나 사랑에 빠지고,

신분적 차별과 이별,

그리고 죽음의 위기를 극복하여

극적으로 행복을 얻게 된다는

우리의 영원한 사랑이야기이다.

춘향전

"일편단심 굳은 마음은 일부종사의 뜻이오니, 한날 매를 치신다고
일 년이 다 못 가서 조금만큼이라도 내 마음 변하겠습니까?"

등장인물

성춘향 양반의 서녀(庶女)로서 기생 신분으로 태어난다. 관능적인 면과 정신적인 면의 양면성을 갖추고 있는 인물로서 일부종사(一夫從事)를 바라고 이를 성취한다. 그리고 끝내 신분적 제약을 뛰어넘어 정절의 여인으로서 보다 높은 신분으로 올라서게 된다.

이몽룡 명문 가문의 자제로 봄날 춘향이 그네 타는 모습을 보고 첫눈에 반하게 된다. 춘향과의 신분적 차이를 그리 심각하게 생각하지 않는 인물로, 춘향을 위하여 암행어사 출도를 하면서 실제적이고 현실적인 투쟁을 한다. 춘향의 신분 상승에 도움을 주면서 서민과 양반의 중개자 역할을 담당하는 인물이다.

변학도 부패한 지방 수령의 전형으로서, 어떤 인물보다도 『춘향전』에서 중요한 역할을 담당하고 있다. 춘향과 이몽룡의 사랑을 방해하고 일방적으로 춘향에게 수청을 요구하였다가 거절당하자, 무력으로 춘향을 이기려고 하는 전형적인 악인이다.

월매 퇴기인 그녀는 자기 딸을 볼모로 하여 양반에 빌붙어 살려는 기생어멈의 전형적인 성격을 지니고 있다. 모든 문제를 현실적으로 처리하며 이해 타산에 밝다. 상황에 따라 변하는 기회주의적 인물이지만 미워할 수 없는 희비극을 연출하는 인물이다.

방자와 향단이 이몽룡과 춘향의 하인으로, 양반에게 빌붙어 사는 전형적인 서민이다. 이들은 악인이 아니라 선한 인간으로 그려지며 춘향과 이몽룡을 맺어주는 역할을 한다.

춘향전

월매의 정성으로 춘향이 태어나다

숙종대왕 즉위 초였다. 임금의 덕이 넓어 왕자와 왕손이 대대로 뒤를 이어, 북소리 · 피리소리가 옛날 요순(堯舜, 중국 고대의 덕망이 높은 천자인 요와 순) 시절과 같았고, 나라의 문물이 우탕(禹湯, 중국 주나라의 우왕과 은나라의 탕왕) 임금 시절 못지 않게 발전하였다. 임금의 덕이 높으니 가까이서 보필하는 신하들은 주춧돌이 될 만큼 든든하였고, 방패와 성 같이 나라를 지키는 장수들 또한 용과 범처럼 임금을 호위하였다. 정치가 잘 이뤄지니 충신은 조정에 가득 차고 효자열녀는 온 나라에 넘쳐 났다. 비바람도 때에 따라 순조로우니 백성들은 잘 먹어 배를 두드리고, 태평한 세월을 노래하는 농부들의 격양가(擊壤歌, 농부가 태평한 세월을 읊은 노래)는 들마다 고을마다 울리지 않는 곳이 없었다.

이때 전라도 남원부에 월매라 하는 기생이 있었다. 월매는 원래 충청 · 전라 · 경상도의 명기(名妓)로서, 일찍이 기생의 자리에서 물러나 성참판과 함께 살며 세월을 보내고 있었다. 어느덧 나이 사십을 바라보게 되었으나 혈육 하나 없음이 한(恨)이 되어 늘 수심에 잠겼더니 급기야 그것이 병이 되었다.

어느 날 크게 깨달은 바가 있어 월매가 성참판에게 가는 한숨을 내쉬며 말하였다.

"제 애기 좀 들어보세요. 전생에 무슨 인연이 있었는지 이생에서 서방님과 부부 되어 기생의 행실을 다 버리고 예의 바르게 살려고 애썼습니다. 그런데 무슨 죄가 커서 이렇게 혈육 하나 없으니, 앞으로 조상 제사는 누가 받들겠습니까? 이름난 산이나 절에 가서 복을 빌어 아들을 얻게 된다면 평생 한을 풀겠습니다. 서방님 뜻은 어떠하신지요?"

"우리 신세 생각하면 자네 말이 당연하나, 빌어서 자식을 낳게만 되면 세상에 자식 없는 사람이 어디 있겠소?"

하니, 그 대답이 탐탁치 않자 월매가 계속 말하였다.

"천하의 큰 성인인 공부자(孔夫子, 공자의 높임말)도 그 어머니가 이구산에서 빌어서 낳았고 정(鄭)나라의 정자산(鄭子産, 중국 춘추 시대 정나라의 재상 공손교. 인덕으로 나라를 잘 다스렸다고 함)은 우성산에서 빌어서 태어났다는데, 우리 강산이라고 그런 산이 없겠어요? 경상도 웅천의 주천의는 늙도록 자녀가 없어 최고봉에 가 빌어서 명나라 천자를 낳아 명나라 천하가 밝게 열리지 않았습니까? 우리도 정성이나 들여봅시다. 공든 탑이 무너지며, 심은 나무 꺾이겠습니까!"

이날부터 성참판 부부는 깨끗이 몸을 씻고 마음을 바르게 다스린

후 이름난 산을 찾아 나섰다. 오작교(烏鵲橋, 광한루에 있는 작은 다리)를 건너서 주위를 이리저리 둘러보니, 서북으로 교룡산(蛟龍山)이 서북쪽을 막고 있으며 동쪽으로는 장림(長林, 길게 이어져 있는 숲) 깊은 곳에 선원사가 은은히 보이고, 남쪽으로는 지리산이 웅장하게 보였다. 그 가운데 요천수는 장강의 푸른 물처럼 흐르며 동남으로 둘렀으니, 바로 여기가 별유건곤(別有乾坤, 신선들이 산다는 세계. 별천지) 신선들이 사는 곳이었다. 성참판 부부가 푸른 나무숲을 따라 계곡물을 건너 지리산에 들어갔다. 반야봉에 올라서서 사면을 둘러보니 천하의 명산이 분명하였다. 부부가 봉우리 위에 제단을 쌓아 제물을 올리고 그 아래 엎드려 정성껏 빌고 또 빌었다.

산신님의 덕인지, 오월 오일에 월매가 꿈을 꾸었다. 상서로운 기운이 하늘에 가득하고 오색(五色)이 영롱하더니 한 선녀가 푸른 학을 타고 오는데, 머리에는 칠보(七寶, 온갖 보석. 또는 불교에서 이르는 일곱 가지 보배)로 꾸민 화관을 쓰고 몸에는 아름다운 옷을 입고 있었다. 월패(月佩, 이름이나 신분을 알리기 위해 가슴이나 허리에 차던 달 모양의 패)소리가 쟁쟁하고 손에는 계수나무꽃 한 가지를 들고 날아와 월매 앞에 두 손을 공손히 잡고 허리를 굽히며 말하였다.

"저는 낙포(洛浦)의 딸(낙수의 귀신으로 복희씨의 딸 복비가 낙수에 빠져 죽은 넋이라 함)인데 반도(蟠桃, 선경에서 삼천 년에 한 번씩 열린다는 큰 복숭아. 장수의 상징)를 옥황상제께 바치러 갔다가 광한전에서 적송자(赤松子, 중국 고대의 신선으로, 신농씨 때에 비를 관리함)를 만나 정을 나누다가 시간이 늦어 죄를 짓게 되었습니다. 이에 상제께서 크게 노하시어 저를 인간 세상으로 내쫓으셨습니다. 제가 갈 곳을 모르고 헤매일 때, 지리산 신령께서 부인 댁으로 가라고 하시기에 왔으니, 어여삐 여겨주십시오."
하며 월매 품으로 달려들었다. 그때 목이 길어서 잘 운다는 학의 울음소리에 놀라서 깨어보니 남가일몽(南柯一夢, 꿈과 같이 한때의 헛된 부귀를 이르는 말)이었다. 월매가 황홀한 정신을 진정하고 성참판에게 꿈 이야기를 하고 그날부터 하늘의 은혜로 남자아이를 낳을까 기다렸다.

과연 그달부터 태기가 있었다. 열 달이 다 되었을 무렵, 하루는 향기가 방 안에 가득하고 꽃구름이 영롱한 가운데 옥 같은 딸아이를 낳았다. 월매가 일구월심(日久月深, 날이 오래고 달이 깊어짐. 오랫동안 간절하게 바라는 마음을 나타낼 때 쓰이는 말) 바라던 남자아이는 못 낳았으나, 그 사랑함은 어찌 다 말로 할까? 이름을 춘향(春香)이라 부르면서 장중보옥(掌中寶玉, 손 안의 귀한 보물. 보배처럼 여겨서 사랑하는 물건)같이 길러내니 어질고 착하기 이를 데 없었다.

칠팔 세가 되자 글읽기에 마음을 붙여 예절(禮節)과 정절(貞節)을 본받으니, 춘향의 효행을 칭송하지 않는 이가 없었다.

이도령이 봄 경치를 즐기러 광한루에 오다

이때 한양 삼청동(三淸洞)에 이한림(李翰林, 이씨 성을 가진 한림, 한림은 예문관의 정9품 벼슬)이라 하는 양반이 있었는데, 대대로 명문 집안이고, 충신의 후예였다.

하루는 임금께서 『충효록(忠孝錄)』을 올리게 하여 보시고, 충신과 효자를 가려내어 지방관 벼슬을 내리는데, 이한림이 과천 현감(縣監, 조선 시대 외관직 문관의 종육품 관리, 곧 작은 현의 수령)이 되었다가 다시 남원 부사(府使)로 임명되었다.

이한림은 임금의 은혜에 감사하며 깊이 절하고 물러나와 즉시 채비를 차리고 남원으로 부임하였다. 백성들을 어질게 다스리며 보살피니, 사방에 사고가 없고 고을 백성들마다 어진 수령이 이제야 왔다며 그 덕을 칭송하였다. 태평성대를 노래하는 아이들의 노랫소리가 들려오고 시절이 태평하며, 해마다 풍년이 들어서 백성들은 제 어버이에게 효도하니, 요순 시절과 같았다.

이때가 어느 때인가 하면 놀기 좋은 화창한 삼월 봄날이었다. 온갖 새들이 서로 어울려 짝을 지어 날아들고 봄기운을 다투었다. 남산에 꽃이 피니 북산도 붉어지고, 천 갈래 만 갈래 늘어진 버들가지에 앉은 꾀꼬리 또한 짝을 부르고 있었다. 나무들은 우거져 숲을 이루고 두견새 · 접동새 모두 날아다니니, 한 해 중 가장 아름다운 시절이었다.

이때 사또 자제 이도령은 나이가 이팔(二八, 열여섯)이고, 풍채는 당나라의 시인 두목지(杜牧之, 중국 당나라 말기의 시인. 시풍이 호탕하고 아름다우며, 풍채가 매우 뛰어나, 두보에 대하여 소두라 부름)와 같으며, 도량은 푸른 바다 같고, 지혜 또한 뛰어나며, 문장은 이백(李白, 중국 성당 때의 대시인. 자는 태백, 호는 청련. 두보와 함께 이두(李杜)라고 불리는 중국의 시선(詩仙))이고, 글씨는 왕희지(王羲之, 중국 동진의 서예가) 못지 않았다.

하루는 이도령이 방자(房子, 『춘향전』에서는 이도령의 애교스런 남자하인의 이름이라 친근하게 느껴지지만, 실은 고유명사가 아니라 조선 시대 지방 관아에서 심부름하던 소년 종의 호칭임)를 불러 물었다.

"이 고을에서 경치 좋은 곳이 어디냐? 시를 짓고 봄을 즐기고 싶은 흥취(興趣)가 가득하니, 어서 말해보아라."

방자놈이 말하였다.

"글공부하시는 도련님이 경치 좋은 곳을 찾는 것은 쓸데없는 일이오."

그러자 이도령이 말하였다.

"너 무식하구나. 예로부터 문장을 잘하는 선비가 아름다운 강산을 구경하는 것은 풍월과 글 짓는 데 근본이 되는 것이다. 신선도 두루 돌아다녀 널리 보는 법인데, 어찌 옳지 않다고 할 수 있겠느냐? 옛날에 사마장경(司馬長卿, 중국 한나라의 재상인 사마상여. 큰 강에 배를 띄운 사람은 『사기』를 쓴 사마천임, 사마천의 호가 자장인데, '장경'으로 혼동한 듯함)이 배를 타고 큰 강을 거슬러 올라갈 때 미친 듯이 일렁이는 거센 물결과 음산하게 울부짖는 바람을 만난 일이 있었는데, 이 일을 겪은 후부터 그의 문장이 더욱 호탕해졌다고 한다. 옛 문인들도 천지(天地) 사이에서 일어나는 만물의 변화 가운데 글이 안 되는 것이 없다고도 하였다. 시(詩)의 천자(天子)라고 할 수 있는 이태백은 채석강에서 놀았고, 적벽강 가을밤에 소동파(蘇東坡, 본명은 소식, 중국 송나라의 문장가로 신종 때 왕안석과 뜻이 맞지 않아 황주로 쫓겨나 '동파'라고 호를 지음)가 즐겼으며, 심양강 밝은 달밤에는 백낙천(白樂天, 백거이, 중국 당나라 시인)이 놀았고, 보은 속리산 문장대에서는 세조대왕께서 노셨으니, 나 또한 아니 놀지는 못하겠다."

그제서야 방자가 이도령의 뜻을 받들어 사방 경치를 이야기하기 시작하였다.

"서울로 말하자면 자문(紫門, 자하문, 북악과 인왕의 사이에 있는 성문) 밖을 내달아 칠성암, 청련암, 세검정과, 평양에는 연광정, 대동루, 모란봉, 양양에는 낙산사, 보은에는 속리산의 운장대, 안의에는 수성대, 진주에는 촉석루, 밀양에는 영남루가 어떠한지 몰라도, 전라도로 말하자면 태인의 피향정, 무주의 한풍루, 전주의 한벽루가 좋습니다.

이제 남원 경치를 말씀드리지요. 동문 밖에 나가면 장림 속 선원사 좋고, 서문 밖으로 나가면 관왕묘(關王廟, 관우 영정을 모신 사당)가 있어 세상에서 가장 엄한 영웅의 풍모가 어제 오늘 일 같고, 남문 밖에 나가면 광한루 · 오작교 · 영주각이 좋고, 북문 밖으로 나가면 푸른 하늘 아래 부용꽃들이 신기하게 피어 있고, 기이한 바위들이 두둥실 교룡산성(蛟龍山城, 남원 서쪽 7리 밖에 있는 산)을 따라 서 있으니, 도련님 뜻대로 가십시오."

이도령이 말하였다.

"얘야! 네 말 들어보더라도 광한루 오작교가 절경인 모양이구나. 그리로 구경가자."

이도령의 행동을 보자. 사또 앞에 나아가서 공손히 말하기를,

"오늘 날씨가 화창하오니 잠깐 나가 풍월(風月, 청풍과 명월, 곧 '자연의 아름다움'을 이르는 말. 음풍농월(吟風弄月)의 준말)을 읊고 시운(詩韻, 시 끝구에

붙이는 운자)이나 생각해볼까 합니다. 고을이나 한 바퀴 돌아보고 오겠습니다."

하니, 사또가 크게 기뻐하며 허락하였다.

"남쪽 지방 풍물을 구경하고 돌아오되, 시의 제목을 생각하여라."

"아버님 가르침대로 하겠습니다."

이도령이 물러 나와서 방자를 불러 일렀다.

"방자야, 나귀에 안장을 얹어라."

방자가 분부를 듣고 나귀에 안장을 올리는데, 붉은 실로 꾸민 말의 가슴걸이, 산호로 만든 채찍, 옥으로 만든 안장에 비단 언치(말 · 소 등에 덮어주는 방석이나 담요), 황금으로 만든 재갈, 청실홍실 고운 굴레, 나귀 머리에는 구슬 달린 모자를 씌우고, 층층이 은빛 잎사귀 모양을 한 등자(말을 탔을 때 두 발을 디디고 있을 수 있게 안장 양쪽에 늘어뜨려 놓은 것)에, 염불 외는 중이 염주를 목에 걸듯 호랑이 가죽으로 만든 방석 같은 돈움 앞뒤에는 줄방울을 매달아놓았다.

"도련님, 나귀 대령하였소."

이도령이 나귀 타러 나오는 모습을 보자. 옥같이 깨끗한 얼굴, 신선 같은 풍모에, 숱이 많고 치렁치렁한 머리채를 곱게 빗어 밀기름(밀과 참기름을 섞어 끓여서 만든 머릿기름)에 잠재워 궁초비단 댕기에 누런 색 석황(石黃, 천연으로 나는 독성이 강한 화합물) 물들여 맵시 있게 잡아 땋았고, 성천수주(成川水紬, 성천에서 나는 수화주라는 좋은 비단) 냇물같이 부드러운 접동베(두 겹으로 지은 웃옷), 올이 가는 흰 모시로 만든 상침(上針)바지(가장자리를 실밥이 드러나 보이게 꿰맨 바지), 질 좋은 무명 겹버선에 남색 얇은 비단 대님을 묶고, 육사단(六紗緞)으로 만든 겹배자(마고자 모양의 소매가 없는 덧저고리)에 밀화(누런 빛이 나는 호박 중의 하나) 단추를 달아 입고, 통행전(筒行纏, 아래에 귀가 달리지 않은 행전. 행전은 바지, 고의를 입을 때 정강이에 감아 무릎 아래에 매는 물건)을 무릎 아래 넌지시 매고 영초단으로 된 허리띠, 모초단으로 된 둥근 주머니를 여덟 가닥의 끈으로 매듭 고리를 내어 늦추어 매고, 쌍문초 비단으로 만든 긴 동정, 소매가 길고 넓게 된 중치막(벼슬 못한 사람이 나들이할 때 입는 웃옷)에 도포를 받쳐 검은 실띠를 가슴에 눌러 매고, 육분 당혜(唐鞋, 앞뒤에 고추 모양을 그린 가죽신의 하나) 끌고 나오면서,

"나귀를 붙들어라."

하고 이도령이 등자를 딛고서 나귀에 올라탔다. 삼문(三門, 대궐이나 관청 등의 앞에 있는 세 개의 문)을 지나 밖으로 나갈 때에 관아에서 통인(通引, 지방의 관장 밑에서 잔심부름을 하던 사람) 한 명이 뒤를 따라 금물 입힌 부채로 햇빛을 가려주었다. 이도령이 성 남쪽 넓은 길로 활기차게 나오는데, 술에 취한 채 수레를 타고 양주 고을을 지나갔던 두목지가 그랬을까. 악사들이 때때로 곡조를 잘못 연주하여 주랑(周郎, 중국 오나라 장수 주유. 술자리에서 음악을 듣다가도 연주가 조금이라도 틀리면 잘못 연주한 악사 쪽을 바라보았다고 함. 잘생긴 주랑의 얼굴을 보려고 악사들이 일부러 틀리게 연주하기도 하였다고 함)의 고개를 돌리게 만들어 그의 얼굴을 보았을 정도로 잘생겼다는 주랑의 경우라고나 할까? 그 모습이 '성 안에 봄이 들어 거리는 자주꽃이 피어 향기로운데, 온 성 가득히 메운 백성들 가운데 보는 이마다 그 누가 사랑하지 않겠는가' 라는 옛시(중국 당나라 시인

잠참의 「위절도적표마가」의 일부)와 같았다.

이윽고 광한루에 올라 사방을 둘러보니, 멀리 적성산에는 아침 늦은 안개가 걸려 있고 저문 봄은 푸른 버들가지에 걸려 있었다. "자주빛 붉은 누각에 해가 비취고 벽방(碧房, 벽방은 붉은색 · 푸른색 · 흰색 · 검정색을 사방에 두고, 노란색을 중앙에 수놓은 방)은 눈부시게 빛나 영롱하니"는 광한루를 두고 하는 말이다. 악양루(岳陽樓, 남성 악양현 동정호의 동쪽 해안에 있는 요지를 악주부라 하는데, 악양루는 그 서문의 누각으로서 동정호를 굽어보고 있음. 경치가 아름다운 것으로 유명함) 고소대(姑蘇臺, 중국 오나라의 수도 고소에 오왕 부차(夫差)가 월나라를 이기고 얻은 미인 서시(西施)를 위하여 쌓은 누대)와 오나라와 초나라 동남쪽은 동정호로 흘러 들어가고 연자루 서북쪽의 팽택(沛澤, 연자루가 있는 팽성에 있는 못 이름)이 분명하다.

또 한 곳을 바라보니 희고 붉은 꽃이 어지러이 핀 가운데 앵무새 · 공작새가 날아들고, 산천의 경치를 둘러보니 키 작은 소나무와 떡갈나무가 바람에 못 이기어 흐늘흐늘, 폭포수 흐르는 시냇가의 꽃들은 뺑긋뺑긋, 낙락장송(落落長松, 가지가 축축 늘어진 큰 소나무)이 울창하고, 계수나무 · 자단 · 모란 · 복숭아 나무에 취한 산이 장강(長江)과 같은 요천 시냇물에 풍덩 잠겨 있었다.

또 한 곳을 바라보니 어떤 미인이 봉황새 울음과 같은 자태로 온갖 설렘을 못 이기어 진달래꽃 질끈 꺾어 머리에도 꽂아보며, 함박꽃도 질끈 꺾어 입에 함빡 물어보고, 옥 같은 손을 들어 얇은 비단 저고리 반만 걷어올리고, 푸른 산 흐르는 맑은 물에 손도 씻고 발도 씻고 물 머금어 양치질도 하며, 조약돌 덥석 쥐어 버들가지 위의 꾀꼬리를 놀리니, "꾀꼬리를 깨워 일어나게 한다"는 옛시(중국 당나라 시인인 김창서의 「춘원(春願)」 중 일부를 빌림)가 바로 이것이 아닌가? 버들잎도 죽죽 훑어 물에 휠휠 띄워보고, 백설 같은 암수 흰나비와 벌들은 꽃술 물고 너울너울 춤을 추었다. 그리고 황금 같은 꾀꼬리는 숲마다 날아들었다.

광한루의 경치도 좋았지만 오작교가 더욱 좋았다. 과연 호남(湖南)의 제일 가는 고을이라 할 만하였다. 오작교 분명하면 견우직녀 어디 있을까? 이런 빼어난 경치에 풍월이 없을 수 있겠는가? 이도령이 시 한 수를 지었다.

> 드높고 밝은 오작의 배 위에
> 옥 계단 층층 놓인 광한루라.
> 감히 묻고 싶구나, 하늘의 직녀 누구인지.
> 지극히 흥겨운 오늘, 내가 바로 견우일세.

이때 내아(內衙, 지방 관청의 안채)에서 술상이 나오니 이도령이 한 잔 술을 먹은 후 통인과 방자에게 물려주고, 취기가 돋자 담배 피워 입에 물고 이리저리 거니는데, 좋은 경치에 흥이 절로 났다.

"충청도 웅산(雄山), 수영 보련암(寶蓮菴)을 자랑해보았자 이곳 경치를 당할 수 있을까? 붉을 단(丹) · 푸를 청(靑) · 흰 백(白) · 붉을 홍(紅), 고을고을이 단청(丹靑), 버드나무 꾀꼬리가 짝 부르는 소리는 내 봄날 흥취를 돋워주는구나. 노란벌, 흰나비, 노랑나비도 향기 찾아 돌아다닌다. 날아가고 날아오니 성 안에는 봄이 만발하였구나. 신선들이 산다는 영주산 · 방장산 · 봉래산이 눈 아래에 가까우니, 물은 본래 은하수요, 경치는 마치 하늘의 옥경(玉京, 도가에서 옥황상제가 있다는 곳)과 같구나. 옥경이 분명하면 월궁(月宮) 항아(姮娥, 남편이 비장한 불사약을 훔쳐 가지고 달로 달아났다는 예(중국 고대에 활 잘 쏘던 사람)의 아내)가 없을 리 있겠는가?"

이때는 춘삼월이라 하였으나, 사실은 오월 단오일이었다. 천중지가절(天中之佳節, 일 년 중 가장 양기가 왕성한 때)이라, 월매의 딸 춘향이도 시와 글, 음악에 능하니 이 좋은 때를 모를 리 없었다.

그네를 타려고 향단이를 앞세우고 내려오는 춘향이의 자태는 이루 말할 수 없이 고왔다. 난초같이 고운 머리를 두 귀를 눌러 곱게 땋아 봉황 새긴 금비녀를 가지런히 꽂고, 비단치마를 두른 허리가 가는 버들처럼 힘없이 드리운 듯하였다.

아름답고 고운 태도로 아장거리며 흐늘거리며 가만가만 밖으로 나와 우거진 수풀 속을 들어가니, 녹음방초가 우거져 금잔디 좌르륵 깔린 곳에 황금 같은 꾀꼬리는 쌍쌍이 오고 가며 날아들 때, 무성한 버드나무에 백척장고(百尺丈高, 백 자나 되는 높이. 약 30m) 높이 매고 그네를 타려고 하였다.

무늬 있는 초록색 비단 장옷과 남색 비단 홑단 치마 훨훨 벗어 걸어두고, 덩굴무늬 수놓은 자줏빛 비단 가죽신을 썩썩 벗어 던져두었다. 흰 비단 속치마를 턱 밑까지 훨씬 추켜 올리고, 연숙마(軟熟麻, 잿물에 담갔다 솥에 찐 삼껍질)로 된 그넷줄을 섬섬옥수(纖纖玉手, 가냘프고 고운 여자 손) 넌지시 들어 양손에 갈라 잡고, 흰 비단 버선 신은 두 발길로 살짝 올라 발을 구르며 가는 버들 같은 고운 몸을 단정하게 노니는데, 뒷머리는 옥비녀와 은죽절(銀竹節, 대마디 모양으로 된 여자의 쪽진 머리에 꽂는 은장식품)로 단장하고 앞에는 밀화장도(평상복에 차는 작은 칼)와 옥장도를 달았고 둥근 달 수놓은 비단 겹저고리에 회색 고름이 맵시 있게 보였다.

"향단아, 밀어라."

한 번 굴러 힘을 주고 두 번 굴러 힘을 주니, 발 밑에 가는 티끌 바람 좇아 펄펄 앞뒤로 점점 멀어갔다. 머리 위에 나뭇잎은 몸을 따라 흐늘흐늘 오고 갈 때, 춘향이 그네 타는 모습을 살펴보니, 녹음 속에 붉은 치맛자락이 바람결에 내비쳐서 구만 리 높은 하늘 흰 구름 속에 번갯불이 쏘는 듯하였다. 문득 앞에 있더니 문득 다시 뒤에 있다.

앞으로 어른거리는 모습은 가벼운 제비가 떨어지는 복숭아꽃잎 하나 채려고 쫓아가는 듯, 뒤로 번뜻(갑자기 나타났다가 곧 없어지는 모양) 하는 모습은 센바람에 놀란 나비가 짝을 잃고 날아가다 돌아서는 듯, 무산선녀(巫山仙女, 중국 초나라 양왕이 꿈에 만난 선녀)가 구름 타고 양대 위에 내리는 듯하였다.

춘향이 그네를 타며 나뭇잎도 물어보고 꽃도 질끈 꺾어 머리에다 살짝 꽂으며,

"얘, 향단아. 그네 바람이 사나워서 정신이 아찔하구나. 그넷줄을 붙들어라."

하니, 향단이 그네를 붙들려고 무수히 왔다갔다하며 한창 이리 노닐 때 시냇가 너른 바위에 옥비녀가 떨어져 쟁그렁하고 소리를 냈다.

"비녀, 비녀."
하는 소리는 산호 비녀를 들어 옥쟁반을 깨치는 듯, 춘향이의 그 태도와 그 모습은 세상 사람이 아닌 것 같았다.

이도령이 그네 뛰는 춘향의 모습에 반하다

제비도 봄 한철을 날아 오고 가는데, 춘향이 그네 뛰는 모습에 이도령은 마음이 울적하고 정신이 어찔어찔하여 별 생각이 다 나는 것이었다.

그래서 혼잣말로 헛소리처럼 중얼거렸다.

"돛 없는 작은 배를 타고 오호(五湖, 중국 호주(湖洲) 동쪽에 있는 호수)에서 범소백(范少伯, 중국 춘추 시대의 초나라 사람. 월왕 구천을 도와 오나라를 멸망시킴)을 따라갔으니 서시(西施, 중국 오나라의 왕 부차의 총애를 받던 월나라 미녀)도 올 리 없고, 해성(垓城, 중국 한나라 유방과 항적이 싸우던 곳) 달밤에 슬픈 노래로 초패왕(楚覇王, 본명은 항적(項籍). 자(字)는 우(羽). 군사를 일으켜 진나라를 쳐서 멸한 다음 스스로 서초의 패왕이라 함)과 이별하던 우미인(虞美人, 중국 초패왕의 총애를 받던 미인)도 올 리 없고, 천자에게 작별 인사를 하고 오랑캐 땅인 백용퇴로 시집간 후에 홀로 푸른 무덤에 머물렀으니 왕소군(王昭君, 중국 전한 원제의 후궁. 화친정책으로 흉노의 호한야 선우와 정략 결혼하였으나 자결함.)도 올 리 없고, 장신궁(長信宮, 중국 한나라의 장락궁 안에 있던 궁. 주로 태후가 살았음)을 굳게 닫고 백두음(白頭吟, 악부의 곡이름. 중국 한나라의 사마상여가 첩을 얻으려고 하자 부인 탁문군이 이 시를 지어 결별의 뜻을 밝혀, 상여가 첩 얻는 것을 단념하였다고 함. 그러나 사실은 한나라의 민요)을 읊었으니 반첩여(중국 한나라의 여류시인. 장신궁에서 태후를 모시며 시부를 지음)도 올 리 없고, 소양궁 아침에 뒷간에 모시고 갔다가 돌아오니 조비연(趙飛燕, 중국 한나라 성제의 황후)도 올 리 없고, 낙포선녀인가, 무산선녀인가."
하는데, 이도령은 정신이 공중에 날아다니는 것처럼 제정신을 차리지 못하니, 과연 결혼 안한 숫총각이 분명하였다.

"통인아."

"예."

"저 건너 꽃과 버들 사이에 오락가락 희뜩희뜩 얼른얼른하는 게 무엇인지 자세히 보아라."

통인이 살펴보고 여쭈었다.

"다른 무엇이 아니오라, 이 고을 기생 월매의 딸 춘향이란 계집아이입니다."

이도령이 엉겁결에,

"매우 좋다. 훌륭하다."
하고 말하니 통인이 다시 아뢰었다.

"저 애 어미는 기생이였으나 춘향이는 도도하여 기생 구실을 마다하고 백화초엽(白花草葉, 온갖 종류의 풀과 꽃잎)에 글자도 배우고 여인이 갖추어야 할 재질과 문장을 다 갖추어 여염집 처자(處子)와 다름이 없습니다."

이도령이 허허 웃고 방자를 불러 분부하였다.

"듣자하니 기생의 딸이로구나. 급히 가서 불러오너라."

방자가 대꾸하였다.

"춘향이는 눈처럼 흰 피부와 꽃처럼 아름다운 얼굴이 남쪽 지방에 유명하여, 관찰사, 병부사, 군수, 현감 등 내로라 하는 관장(官長), 엄지발가락이 두 뼘 남짓씩이나 되는 양반 오입쟁이들도 수없이 보려 하였으나, 장강(중국 춘추 시대 위장공의 부인)의 미모와 임사(중국 주나라 문왕의 어머니인 태임과 무왕의 어머니인 태사)의 덕행이며 이두(李杜, 중국 당나라의 시인 이백과 두보)의 문필이며 태사(중국 주나라 무왕의 어머니)의 조화롭고 순한 마음과 이비(二妃, 중국 순임금의 두 왕비인 아황과 여영)의 정절을 품었으니, 춘향이는 오늘날 천하의 절색이요, 덕과 재주가 많은 여인입니다. 황공한 말씀이지만 불러오기 어렵습니다."

이도령이 크게 웃으며 말하였다.

"방자야, 물건에는 각자 임자가 있음을 네가 모르는구나. 형산에서 난다는 백옥과 여수에서 나는 황금에도 임자가 각각 있느니라. 잔말 말고 불러오너라."

방자가 이도령의 분부를 듣고 춘향을 불러오려고 건너가는데, 맵시 있는 방자라 요지연(瑤池宴, 요지에서 벌이던 잔치. 요지는 주나라 목왕이 서왕모와 만났다는 신선의 세계)에서 서왕모(西王母, 중국 고대에 곤륜산에 살았다는 선녀. 주나라 목왕이 서쪽을 정벌하고 나서 요지에 서왕모를 초대하여 함께 잔치를 하였다)의 편지를 전하던 청조(靑鳥, 푸른 빛깔의 새 또는 파랑새. 동방삭이 파랑새가 온 것을 보고 서왕모의 사신이라고 한 고사에서 사자나 편지를 일컬음)같이 이리저리 건너가서 춘향을 불렀다.

"여봐라. 애, 춘향아."

갑자기 부르는 소리에 춘향이는 깜짝 놀라서 물었다.

"무슨 소리를 그 따위로 질러서 사람을 놀라게 하느냐?"

"이 애야, 말 마라. 일이 났다."

"일이라니, 무슨 일?"

"사또 자제 도련님이 광한루에 오셨다가 네가 노는 모습을 보고 불러오란 명령이 났다."

춘향이 화를 내며 말하였다.

"네가 미친 자식이로구나. 도련님이 어찌 나를 알아서 부른단 말이냐. 이 자식, 네가 내 말을 종달새가 요란한 소리를 내며 삼씨를 까듯이 조잘대며 일러바쳤지?"

"아니다. 내가 네 말을 할 리가 없지 않느냐? 네 잘못이지, 내 잘못이냐? 네가 잘못한 이유를 들어보아라. 계집아이 행실로 그네를 뛰려면, 네 집 후원 담장 안에 줄을 매고, 남이 알까 모를까 은근히 매고 그네를 뛰는 게 도리에 당연한 것이다. 그런데 광한루가 멀지 않은데다가, 또한 이곳은 한창 녹음이 우거지고 꽃들은 만발하여, 봄바람을 이기지 못하고 흔들흔들 춤을 추는데, 광한루에서 보일 만한 곳에 그네를 매고 네가 뛰지 않았느냐? 외씨 같은 두 발길로 흰 구름 사이를 노닐 때에 붉은 치맛자락이 펄펄 날리고, 흰 명주 속곳 가랑이가 동남풍에 펄렁펄렁하고, 박 속 같은 네 살결이 흰구름 사이에 희끗희끗하니, 도련님이 보시고 너를 부르시는데 내가 무슨 말을 하였단 말이냐? 다 네 탓이니 잔말 말고 건너가자."

춘향이 대답하였다.

"네 말이 당연하다. 오늘이 단오인데, 여기서 비단 나뿐이겠느냐? 다른 집 처자들도 여기 와서 함께 그네뛰기를 하였으며, 그뿐 아니라, 설혹 내 말을 할지라도 내가 지금 기생이 아닌데 여염집 사람을 오라 가라 부를 리도 없고, 부른다 해도 갈 까닭이 없다. 당초에 네가 말을 잘못 들은 게로구나."

방자는 마음이 속상하고 볶이어 광한루로 돌아와 이도령에게 춘향이가 한 말을 전하니, 이도령이 그 말 듣고 방자에게 다시 일렀다.

"기특한 사람이로구나. 말은 옳은 말이지만, 다시 가서 말을 하니, 이리이리 하여라."

방자는 전갈을 듣고 춘향에게 건너가니, 그 사이에 춘향이는 제 집으로 돌아가 버렸다. 그래서 춘향의 집으로 찾아가니 모녀가 마주 앉아 점심 밥상을 한창 벌여놓고 있었다. 방자가 들어가니 춘향이 물었다.

"너 왜 또 오느냐?"

"황송하게도 도련님이 다시 전갈을 보내셨다. '내가 너를 기생으로 아는 것이 아니라, 들으니 네가 글을 잘한다기로 청하는 것이니, 여염집 처녀 불러서 보는 것은 남들이 듣기에 이상하기는 하겠지만, 꺼리거나 의심치 말고 잠깐 다녀가라' 하시더라."

춘향이 문득 생각하니 갈 마음이 났지만, 어미의 뜻을 몰라 한참이나 말없이 앉아 있자, 춘향의 어미가 썩 나앉으며 정신없이 말하였다.

"꿈이라는 것이 전혀 헛된 것만은 아닌 모양이다. 간밤 꿈에 난데없는 청룡 한 마리가 벽도못에 잠겨 보이기에 무슨 좋은 일이 있을까 하였더니, 우연한 일이 아니다. 또한 들으니 사또 자제 도련님 이름이 몽룡이라 하니 꿈 '몽(夢)' 자, 용 '룡(龍)' 자, 신통하게 맞혔구나. 그러나 저러나 양반이 부르시는데 아니 갈 수 있느냐? 잠깐 다녀오너라."

춘향이가 그제서야 못 이기는 체 겨우 일어나 광한루로 건너갈 때 대들보 위에 앉아 있는 맹꽁이 걸음으로, 양지바른 마당의 씨암탉 걸음으로, 하얀 모래밭에 금자라 걸음으로, 달덩이 같은 자태와 꽃 같은 얼굴, 고운 태도, 느릿한 걸음으로 건너가니, 월나라 미인 서시가 토성에서 걸음 익히는 듯한 걸음으로 하늘거리며 건너오는데, 이도령이 난간 밖으로 절반쯤 몸을 내밀고 서서 찬찬히 바라보니, 춘향이가 걸어와 광한루에 가까워졌다.

이도령이 좋아라고 자세히 살펴보니, 춘향이 오는 모습이 하늘하늘 예쁜지라, 달덩이 같은 자태와 꽃 같은 얼굴은 세상에서 둘도 없을 듯하였다. 얼굴은 아주 아름답고 깨끗하여, 하얀 돌이 깔린 푸른 물에서 놀던 학이 눈 같은 달빛에 비친 것 같고, 붉은 입술 반쯤 열려 하얀 이가 보이니 별과도 같고 옥과도 같았다. 연지를 품은 듯 자줏빛 치마 입은 고운 태도는 막 피어난 안개가 석양에 비추인 듯, 푸른 치마에 영롱하게 일렁이는 광채는 은하수의 물결과 같았다. 춘향이 연꽃 같은 걸음을 바르게 옮겨 자연스럽게 누각에 올라 부끄러이 서 있으니, 이도령이 통인을 불러 말을 전하였다.

"앉으라고 일러라."

춘향이가 고운 태도로 얼굴을 바르게 하고 앉은 자태를 자세히 살펴보니, 하얀 돌이 깔린 푸른 물에 새로 내린 소나기 뒤에 목욕하고 앉은 제비가 사람을 보고 놀라는 듯한데, 별로 단장한 것이 없이 있는 그대로 하늘이 내린 미인이었다. 옥 같은 얼굴을 바라보니 구름 사이로 비치는 밝은 달이요, 붉은 입술 반쯤 여니 물 위에 핀 연꽃과도 같았다.

'신선은 내가 알 수 없지만, 신선들이 사는 영주산에서 놀던 선녀가 남원으로 유배되어 살고 있으니, 달 궁전에 모였던 선녀들은 친구 하나를 잃은 셈이로구나. 네 얼굴 네 태도는 세상 사람의 자태가 아니로다.'

그때 춘향이 은근한 눈길을 잠깐 들어 이도령을 살펴보니 천하의 대장부였다. 이마는 높으니 어린 나이에 이름을 떨칠 것이고, 이마 · 턱 · 코 · 좌우 광대뼈를 가리키는 오악(五嶽)이 조화를 이루니 나라를 위한 충신이 될 것 같았다. 춘향의 마음에 흠모하는 정이 불 일듯 일어났으나 내색은 못하고 나방 같은 고운 눈썹을 숙이고 무릎을 여미며 단정히 앉아 있을 뿐이었다.

이도령이 입을 열어 말하였다.

"성현(聖賢)도 성(姓)이 같으면 장가가지 않는다 하였으니, 네 성은 무엇이며 나이는 몇 살이냐?"

"성은 성(成)가이고 나이는 열여섯입니다."

"허허, 그 말 반갑다. 네 나이 들어보니 나와 동갑인 이팔이요, 성씨 들어보니 나와 천생연분(天生緣分)이 분명하구나. 이씨와 성씨는 좋은 연분, 평생토록 함께 즐겨보자꾸나. 너의 부모는 모두 계시냐?"

"홀어머니 슬하에 있습니다."

"몇 형제나 되느냐?"

"육십이 되신 우리 모친께서는 아들 없이 외동딸 저 혼자만 두셨습니다."

"너도 남의 집 귀한 딸이로구나. 하늘이 정하신 우리 둘이 만났으니 천년만년 즐겁게 지내어보자."

춘향이 모습을 보자. 눈썹을 찡그리며 붉은 입술 반쯤 열어 옥 같은 목소리로 말하였다.

"충신은 두 임금을 섬기지 아니하고 열녀는 두 지아비를 섬기지 아니하는데, 도련님은 귀공자이고 소녀는 천첩입니다. 한 번 정을 붙인 후에 버리시면, 일편단심(一片丹心, 한 조각의 붉은 마음이라는 뜻으로, '변치 않는 참된 마음'을 이르는 말) 홀로 누워 우는 한은 어찌하겠습니까? 이내 신세를 내가 아니면 누가 알겠어요. 그런 분부 다시는 하지 마세요."

"우리 둘이 인연 맺을 때 금석맹약(金石盟約, 금과 돌같이 굳게 한 맹세) 맺을 것이다. 네 집이 어디냐?"

"방자 불러 물으시오."

"내 너에게 묻는 말이 허황하구나! 방자야!"

"예."

"춘향의 집을 속히 일러라."

방자가 손을 넌지시 들어 가르치는데,

"저기 저 건너, 동산은 울창하고 연꽃 핀 강둑은 맑디맑은데, 물고기는 자라고 바람이 일며 그 가운데 예쁜 꽃, 아름다운 풀이 활짝 피어, 나무마다 앉아 있는 새는 좋은 일을 자랑하는 듯 지저귀고, 바위

위에 뿌리내린 굽은 소나무는 맑은 바람 선뜻 부니 늙은 용이 꿈틀거리는 듯하고, 대문 앞의 버드나무는 실같기도 하고 아닌 것 같기도 한 수양버들이요, 들쭉 · 측백나무 · 전나무며, 그 가운데 은행나무는 음양의 이치를 따라 마주 섰고, 초가집 문 앞에 오동나무 · 대추나무, 깊은 산 속의 물푸레나무 · 포도 · 다래 아름 덩굴이 휘휘 칭칭 감겨 담장 밖으로 우뚝 솟았는데, 소나무로 만든 정자와 대나무 숲 사이로 은은히 보이는 것이 춘향의 집입니다."

이도령이 말하였다.

"담장과 마당이 정결하고 송죽(松竹)이 빽빽하니 여자의 절개 있는 행실을 가히 짐작할 만하구나."

춘향이 일어나며 부끄러이 말하였다.

"세상 인심이 고약하니 그만 놀고 가겠어요."

이도령이 그 말을 듣고,

"기특하다. 그럴 듯한 일이다. 오늘 밤 퇴령(退令, 지방 관아에서 아전이나 사령들에게 퇴근을 명령하는 것) 후에 너의 집에 갈 것이니 괄시나 부디 하지 마라."

춘향이 대답하였다.

"나는 몰라요."

"네가 모르면 쓰겠느냐? 잘 가거라. 오늘밤에 다시 보자."

춘향이 광한루를 내려와 집에 이르니, 문간에서 기다리고 있던 월매가 야단스레 반겼다.

"아이고, 내 딸, 인제 오느냐? 그래 도련님이 뭐라고 하시더냐?"

"뭐긴 뭐래요. 조금 앉았다가 일어나려니까 저녁에 우리 집에 오겠다고 합니다."

"그래서 뭐라고 대답하였느냐?"

"모른다고 하였지요."

"잘하였다."

이도령이 애타게 퇴령을 기다리다

이도령이 춘향이를 갑작스럽게 보낸 후에 잊을 수 없어 마음 둘 데를 모르다가 공부방으로 돌아왔지만, 모든 일에 뜻이 없고 다만 춘향이 생각뿐이었다. 말소리는 귓가에 쟁쟁하고 고운 태도는 눈 앞에 삼삼하여, 해 지기만을 기다리다가 방자를 불렀다.

"해가 어느 때나 되었느냐?"

"동쪽에서 훤하게 밝아오고 있습니다."

이도령이 크게 화를 내며,

"이놈, 괘씸한 놈. 서쪽으로 지는 해가 동쪽으로 돌아갔을까? 다시 살펴보아라."

이윽고 방자가 말하였다.

"해는 서산으로 떨어져 황혼이 되고 달이 동산에서 뜨고 있습니다."

저녁상이 들어왔으나 이도령은 입맛이 없었다. 이리 뒹굴 저리 뒹굴 퇴령 놓기를 기다릴 생각으로 책상 앞에 책을 내놓고 읽었다. 『중용』·『대학』·『논어』·『맹자』·『시경』·『서경』·『주역』이며, 『고문

진보』·『통감』·『사략』과 『이백』·『두시』·『천자문』까지 내놓고 글을 읽는데 무슨 글을 읽어도 다 춘향이었다.

『시경』(중국 춘추 시대의 민요를 중심으로 하여 모은, 중국에서 가장 오래된 시집)을 읽는데,

"'끼룩끼룩 우는 물수리는 물가에 노니는데, 요조숙녀(窈窕淑女)는 군자의 좋은 짝이로다.' 아서라, 그 글은 못 읽겠다."

『대학(大學)』(공자의 가르침을 정통으로 나타낸 유교의 경전)을 읽는데,

"'대학의 도(道)는 밝은 덕을 밝히는 데 있고 백성을 새롭게 하는 데 있으며', 춘향이에게 있도다."

춘향이 나오자 그만 덮고 이번에는 『주역(周易)』(음양의 원리로 천지 만물의 변화하는 현상을 설명하고 해석한 유교의 경전)을 읽었다.

"'하늘은 크고 형통하고, 굳세고', 춘향이 코, 똑바른 코, 좋고 하니라. 이 글도 못 읽겠다."

「등왕각서(滕王閣書)」(중국의 당나라 시인 왕발이 지은 글)를 읽는데,

"'남창은 옛 고을이요 홍도는 새 고을이구나.' 옳다. 그 글은 그럴 듯하다."

『맹자』(중국 전국 시대의 사상사 맹자가 지은 책)를 읽는데,

"'맹자가 양혜왕(梁惠王, 중국 전국 시대 위나라의 혜왕. 위나라 수도를 '양'으로 옮기면서 양혜왕이라 불림)을 뵈니, 왕이 말하기를 어른이 천 리 길을 멀다 않고 찾아주시니', 춘향이 보시러 오셨습니까?"

『사략』(십팔사략. 중국의 십팔사(十八史)를 요약해놓은 책)을 읽는데,

"태고에 천황씨가 쑥떡으로 왕이 되어 섭제에서 나라를 일으키니,

다스리지 않아도 백성이 교화되어 형제 열한 사람이 각각 일만팔천 년을 누렸구나."

듣고 있던 방자가 말하였다.

"도련님, 천황씨가 목덕(木德, 목화토금수(木火土金水). 오행(五行)의 운행을 따라 왕조의 흥망을 설명하는 방법에 따라 신화적 인물인 천황씨를 나무의 덕을 지닌 존재로 설정한 것)으로 왕이 되었다는 말은 들었지만 쑥떡으로 왕이 되었다는 말은 금시초문(今時初聞, 듣느니 처음. 이제야 비로소 처음 들음)인데요."

"이 녀석, 너는 모른다. 천황씨는 일만팔천 년을 산 양반이라, 이가 단단하여 나무로 만든 목떡을 잘 드셨지만, 요즘 선비들이야 딱딱한 목떡을 먹겠느냐? 공자님께서 후세 사람들을 생각하여 명륜당에 나타나시어 '요즘 선비들은 이가 부족하여 목떡을 못 먹으니 물씬물씬한 쑥떡으로 하라' 고 하여 삼백육십 고을 향교에 통지를 보내 쑥떡으로 고쳤느니라."

방자가 그 말을 듣다가,

"도련님, 하늘님이 들으시면 깜짝 놀라실 거짓말을 다 하시네요."

다시 또 『적벽부』(중국 송나라의 소식이 지은 글)를 펼쳐놓고 읽는데,

"'임술년 가을 음력 칠 월 십육 일에, 손님과 함께 적벽 아래 배를 타고 노니는데, 맑은 바람은 산들산들 불고 물결은 고요하다.' 아서라, 이 글도 못 읽겠다."

이번에는 『천자문』(중국 양나라의 주흥사가 기초 한자 1,000자로 4언 고시 250구를 지어 꾸민 책)을 읽는다.

"하늘 천, 따 지."

방자가 듣고,

"도련님, 점잖지 않게 『천자문』이 웬일이오?"

"천자라 하는 것은 사서삼경(四書三經, 유교 경전인 『논어』·『맹자』·『중용』·『대학』의 네 가지 책과, 『시경』·『서경』·『주역』의 세 경서를 가리킴)의 근본이다. 양나라 주사봉 벼슬을 하던 주홍사가 하룻밤 새 이 글을 짓고 머리가 하얗게 되어 책 이름을 '백수문(白首文)' 이라고 하였는데, 낱낱이 새겨보면 뼈똥 쌀 일이 많을 것이다."

"소인도 천자쯤은 압니다."

"네가 안단 말이지?"

"알다뿐이겠습니까?"

"안다 하니 읽어봐라."

"그럼 들어보십시오. 높고 높은 하늘 천, 깊고 깊은 따 지, 휘휘칭칭 감을 현, 불에 탔다 누루 황."

"예 이놈아. 네가 상놈은 확실하구나. 어디서 장타령 하는 놈의 말을 들었구나. 내가 읽을테니 들어봐라.

하늘이 자정에 열렸으니 태극(太極)이 넓고 큰 하늘 천(天), 땅은 새벽 2시에 열렸으니 오행팔괘(五行八卦)로 따 지(地), 넓고 넓은 하늘이 비고 비어 사람의 마음을 가리키니 검을 현(玄), 스물여덟 별자리 금목수화토의 가운데 색 누를 황(黃), 우주에 해와 달이 거듭 빛나니 옥황상제의 집 높고 높아 집 우(宇), 대대로 나라의 도읍도 흥망성쇠를 거듭하니 옛것이 가고 새것이 오는 집 주(宙), 우임금이 구 년 홍수를 다스리고 기자가 아홉 개 조항이 있는 큰 법을 설명하니 넓을 홍(洪), 삼황오제 돌아가신 뒤에 간신과 악인들은 거칠 황(荒), 동방에 샛별이 뜨니 장차 하늘가에 해가 번듯하게 솟아올라 날 일(日), 수많은 백성이 태평세월을 노래하니 번화한 거리에 은은히 떠오른 달 월(月), 쓸쓸한 초승달이 시시각각 불어나 보름달 되니 찰 영(盈), 세상만사 걱정하면 달빛과 같은지라, 십오야 밝은 달이 열엿새부터 기울 측(昃), 스물여덟 별자리는 하도낙서(河圖洛書, 하도는 고대 복희씨가 천하를 다스릴 때 황하의 용마가 등에 새기고 나온 그림이고, 낙서는 우임금이 홍수를 다스릴 때에 낙수의 신령스러운 거북이 등에 지니고 나온 무늬임)에 쓰인 법이니 일월성신의 별 진(辰), '가련하게도 오늘밤은 기생집에서 자겠구나' 하고 노래하였으니 원앙금침에 잘 숙(宿), 너무나 아름다운 여인과 즐기는 좋은 풍류가 봄가을에 벌어질 것이니 벌일 열(列), 은은한 달빛 한밤중에 온갖 정회를 베풀 장(張), 오늘은 찬바람이 쓸쓸히 불어오니 침실에 들거라 찰 한(寒), 베개가 높거든 내 팔을 베어라 이만큼 오너라 올 래(來), 에라 후려쳐서 질끈 안고 임의 다리에 들어가니 차가운 눈바람에도 더울 서(暑), 침실이 덥거든 서늘한 바람을 찾아서 이리저리 갈 왕(往), 춥지도 덥지도 않은 때가 어느 때냐 오동잎 지는 가을 추(秋), 백발이 장차 우거질 것이니 소년의 모습을 거둘 수(收), 잎 진 나무에 찬 바람 부니 흰눈에 뒤덮인 강산 겨울 동(冬), 자나깨나 못 잊는 우리 사랑 깊고 깊은 방 속에 감출 장(藏), 간밤 가는 비에 연꽃이 빛이 나니 부드러울 윤(潤), 이런 고운 자태 평생을 보고도 남을 여(餘), 백년가약 깊은 맹세 한없이 넓고 푸른 바다를 이룰 성(成), 이리저리 노닐 때 세월을 가는 줄 모르니 해 세(歲), 조강지처 못 내보내고 아내 푸대접 못하나니 『대전통편(大典通編)』(조선 시대 정조의 명으로 김치인이 『경국대전』을 원전으로 만든 새 법전)의 법 율(律), 군자의 좋은 배필 춘향이 입에 내 입을 한 데다 대고 쪽쪽 빠니 입 구(口)자 둘이 만나 법중 려(呂)자가 아니냐? 애고 애고 보고 싶어."

사또가 이도령 자랑을 늘어놓다

이렇게 소리를 질러 떠들어대니, 그때 마침 사또가 저녁 진지를 마친 후 잠깐 식곤증이 몰려와 졸다가 '애고 보고 싶어' 소리에 깜짝 놀라 통인을 불렀다.

"이리 오너라!"

"예."

"아니, 공부방에서 누가 침이라도 맞고 있느냐. 시큰한 다리라도 주무르고 있느냐? 알아보고 오너라."

심부름꾼 통인이 부리나케 달려갔다.

"도련님, 웬 고함이요? 사또께서 놀라 알아보라 하시니 가서 뭐라 할까요?"

'딱한 일이다. 이웃집 늙은이는 귀를 먹어 어렵다던데 귀가 너무 밝은 것도 예삿일은 아니구나! 그렇다고는 하지만 그럴 리가 어디 있겠는가.'

속으로는 이렇게 생각하면서도 겉으로는 짐짓 놀라 이도령은 대답하였다.

"내가 『논어』(공자의 언행, 공자와 제자 · 제후 등과의 문답, 제자끼리의 문답 등을 모아서 엮은 책)를 읽는 중 '슬프다, 내가 늙었구나. 꿈에 주공(周公)을 뵙지 못한 지가 오래로구나' 하는 대목을 보다가 나도 주공을 보면 그렇게 해볼까 흥취에 취하여 소리가 높았으니 그대로만 여쭈어라."

통인이 들어가 그대로 말을 전하자, 사또는 이도령의 승부욕이 있음을 크게 기뻐하였다. 사또는 가만있을 수가 없어,

"이리 오너라. 책방에 가서 낭청(郎廳, 조선 시대 후기 비변사 · 선혜청 · 준천사 · 오군영 등에 두었던 실무 관직)을 가만히 오시래라."

하고 통인에게 명령하였다.

그러자 목낭청이 들어오는데, 이 양반이 어찌나 볼품없고 못생겼는지 느릿한 걸음걸이조차 근심이 담쑥 들어 있었다.

"사또, 그 사이 심심하셨지요?"

"아, 거기 앉게. 내 할 말이 있네. 우리가 어릴 적 친구로 함께 공부한 사이였으니 말이지만 어릴 때 글 읽기처럼 싫은 게 있던가? 헌데 우리 아이 시흥(詩興, 시를 짓고 싶은 마음. 시심(詩心)을 일어나게 하는 흥취)을 보니 이렇게 즐거울 수가 없네."

목낭청, 이 양반은 무슨 말인지 아는지 모르는지 그저 대답부터 하고 보는 것이었다.

"아이 때 글 읽기처럼 싫은 게 어디 있겠습니까?"

"읽기가 싫으면 잠도 오고 꾀가 많았지. 그런데 우리 아이는 매일 저렇게 밤낮을 가리지 않고 읽고 쓰고 한다네."

"예, 그런 것 같습니다."

"배운 적이 없어도 글씨 쓰는 재주가 뛰어나지."

"그렇지요. 점 하나만 툭 찍어도 높은 봉우리에서 돌을 떨어뜨린 것 같고, 한 일(一)을 그어놓으면 천 리를 뻗는 구름이요, 갓머리는 참새 머리 같고, 필법은 파도와 번개처럼 힘이 있고, 내리그어 치는 획은 노송이 절벽에 거꾸로 매달린 것 같더군요. 창 과(戈) 자도 마른 등덩굴같이 뻗어가니 다시 채는 데에는 성낸 활끝 같고, 기운이 부족하면 발길로 툭 차올려도 획은 획대로 됩디다."

"글쎄, 가만히 들어보게. 저 아이가 아홉 살 때 서울 집 뜰에 늙은 매화가 있었는데, 매화나무를 두고 글을 지으라고 하였더니 잠깐만에 지었는데도, 정성을 들인 것과 필요한 것만 간추리는 솜씨가 대단하지. 그리고 한 번 본 것은 바로 기억하더구만. 조정(朝廷, 임금이 나라의 정치를 집행하던 곳)의 당당한 명사가 될 걸세."

"장래 정승이 될 것입니다."

낭청이 추켜주자 사또는 신이 나서 기쁨을 감추지 못하였다.

"이 사람아, 정승을 어찌 바라겠는가? 하지만 과거 급제는 쉽게 하겠지. 벼슬에 오르는 것도 어렵지 않을 테고."

"아니, 그렇게 말할 게 아니지요. 정승을 못하면 장승이라도 되겠지요."

사또가 호령하였다.

"자네 누구 이야기하는 줄 알고 그렇게 대답하는가?"

"대답은 하였지만 누구 말인지는 모르지요."

낭청이 대답은 이렇게 했으나, 그것 또한 다 거짓말이었다.

두 사람 사이에 이렇게 이야기가 많으니 시간이 길어질 수밖에 없었다. 아무리 기다려도 이도령은 사또가 잠자리에 들었다는 소리를 들을 수가 없었다.

이도령이 밤중에 춘향이를 찾아가다

이때 답답해진 이도령이 또 방자를 불렀다.

"방자야!"

"예."

"어른 방에 불이 꺼졌나 보아라."

"아직 환합니다."

조금 있으니 퇴령 소리가 길게 났다.

"좋다, 좋아. 옳다, 옳다. 방자야, 초롱에 불 밝혀라."

이도령은 마음에 불이 났다.

통인 한 명의 뒤를 따라 춘향의 집으로 건너갈 때 자취 없이 가만가만 걸었다.

"방자야, 안방에 불 비친다. 등불을 옆으로 감춰라."

삼문 밖에 나서니 좁은 길 사이에는 달빛이 영롱하고 꽃 사이로 푸른 버들은 몇 번이나 꺾어졌을까? 잘생긴 젊은이들은 기생집으로 들어가니,

"지체 말고 어서 가자."

그렁저렁 춘향이 집에 도착하니, 오늘 밤은 유달리 쥐죽은 듯 고요하고 적막하니, 남녀가 만나기에 그 얼마나 아름다운 시간인가?

춘향이의 집 문 앞에 도착하니 깊은 밤 인적은 없는데 휜한 달빛은 삼경임을 알리고 있었다. 뛰노는 물고기들 여기저기 볼 수 있고, 대접같이 생긴 금붕어는 임을 보고 반기는 듯하며, 달빛 아래 두루미는 흥을 이기지 못하고 짝을 불렀다.

이때 춘향이 칠현금을 비껴 안고 순 임금이 지었다는 「남풍시(南風詩)」를 부르다가 잠자리 위에서 조는데, 방자는 개가 짖을까 자취 없이 가만가만 춘향 방 영창 밑으로 살짝 다가가서,

"예, 춘향아. 잠들었느냐?"

하니, 춘향이 깜짝 놀라며 물었다.

"네 어찌 왔느냐?"

"도련님이 와 계시다."

춘향이 이 말 듣고 가슴이 울렁울렁 속이 답답하여 부끄럼을 이기지 못하고 문을 열고 나오더니, 건넌방으로 건너가서 제 어미를 깨웠다.

"에고 어머니, 무슨 잠을 이리 깊이 주무시오?"

춘향 어미가 잠에서 깨며,

"아가, 무엇을 달라고 부르느냐?"

"누가 무엇을 달랬었소?"

"그러면 어째서 불렀느냐?"

엉겁결에 하는 말이,

"도련님이 방자 모시고 오셨대요."
하자, 춘향 어미가 문을 열고 방자를 불러 물었다.

"누가 왔다고?"

방자가 대답하였다.

"사또 자제 도련님이 와 계시오."

춘향 어미가 그 말을 듣고 향단을 불러,

"빨리 초당에 등불을 밝히고 자리를 잘 마련해두어라."
하며, 이것저것 당부하고 춘향 어미가 나오는데, 세상 사람들이 모두 춘향 어미를 말하더니 과연 그럴 만하였다. 예로부터 사람은 외가 쪽을 많이 닮는다고 하더니, 춘향이 같은 딸을 낳았던 것이다.

춘향 어미가 나오는데, 그 모습을 살펴보니, 머리카락은 반 넘게 세었는데 소탈한 모양이며 단정한 태도가 꼿꼿하고 정정하며, 살갗이 풍성하여 복이 많은 인상이었다. 점잖은 걸음으로 방자의 뒤를 따라 가만가만 나왔다.

이때 이도령은 이리저리 두리번거리며 심심하게 서 있었는데, 방자가 나와 말하였다.

"저기 오는 사람이 춘향의 어미입니다."

춘향 어미가 나오더니 두 손을 공손히 마주 잡고 인사한 후 바로 서서,

"그 사이 도련님은 잘 지내셨소?"

이도령이 싱긋 웃으며 말하였다.

"춘향이 어미라지? 평안하신가?"

"예, 겨우 지냅니다. 오실 줄 진정 몰라서 손님맞이가 보잘것없습니다."

"그럴 리가 있는가?"

춘향 어미가 앞장서서 인도하여 안으로 들어가니, 해묵은 별초당에 등불을 밝혔는데, 버들가지 늘어져서 불빛을 가린 모양이 구슬 발이 갈고랑이에 걸린 듯하고, 왼쪽에 서 있는 소나무는 거센 바람이 건듯 불면 늙은 용이 꿈틀거리는 듯하고, 창 앞에 심은 파초 · 일난초 봉미장은 속잎이 빼어나고, 물 속의 구슬 같은 어린 연꽃은 물 밖으로 겨우 떠서 옥 같은 이슬을 받치고 있고, 대접 같은 금붕어는 용이라도 되려는 듯 물결쳐서 출렁 텀벙 꿈틀거리며 놀 때마다 조롱하고, 새로 나는 연잎은 뭐라도 받을 듯이 벌어지고, 금풀 돋은 석가산은 층층이 쌓였는데 계단 아래 학과 두루미가 사람 보고 놀라 두 날갯죽지를 떡 벌리고 긴 다리로 징검징검 끼룩 뚜루룩 울음소리를 내며, 계수나무꽃 아래에서는 삽살개가 짖어댔다. 그 가운데 무엇보다 반가운 것은 못 가운데 쌍오리가 손님 오신다 두둥실 떠서 기다리는 모양이었다.

처마에 다다르니 그제야 제 어미의 영을 받들어 휘장이 달린 창을 반쯤 열고 나오는데, 모양을 살펴보니 둥글고 밝은 달이 구름 밖에 솟은 듯 황홀한 그 모습은 헤아리기 어려웠다. 부끄러이 마루에 내려와 자연스럽게 서 있는 모습은 사람의 간장을 다 녹일 듯하였다.

이도령이 슬며시 웃으며 춘향에게 물었다.

"피곤하지 아니하며, 밥이나 잘 먹느냐?"

춘향이 부끄러워 대답하지 못하고 잠자코 서 있었다. 보다 못한 춘향 어미가 먼저 마루에 올라 이도령을 자리에 앉힌 후 차를 권하고 담배를 붙여 올리니, 이도령이 담배를 받아 물고 앉았다.

이도령은 춘향 집에 올 때는 춘향에게 뜻이 있어 온 것이지 춘향의 집 세간 살림 구경 온 것이 아니었다. 그러나 이도령은 첫 외도(外道)인지라, 밖에서는 무슨 할 말이 있을 것 같았는데 막상 들어가 앉아보니 말문이 막혀 공연히 헛기침을 해대고 숨이 가쁘며 으스스 오한(惡寒, 갑자기 몸에 열이 나면서 오슬오슬 추운 증세)마저 느끼면서 이리저리 방을 둘러보았다.

방 안을 둘러보다가 벽쪽을 살펴보니 상당한 물건들이 놓여 있었다. 용과 봉황 무늬가 새겨진 장롱들과, 서랍이 달린 작은 장이 이리저리 놓여 있는 가운데, 무슨 그림들도 붙어 있었다. 서방 없는 춘향이고, 공부하는 계집아이가 세간 살림이나 그림이 있을 까닭이 없지만, 춘향 어미가 유명한 기생이었기 때문에 딸을 주려고 장만한 것들이었다. 조선의 유명한 명필의 글씨가 붙어 있고 그 사이에 붙은 명화들도 많지만, 다 그만두고 〈월선도(月仙圖)〉란 그림이 눈에 들어왔다. 〈월선도〉의 작은 제목들은 이러하였다.

옥황상제가 높이 앉아 신하들의 아침 인사 받는 그림

청련거사 이백이 황학전에 꿇어앉아 『황정경』(도교에서 쓰는 경문 또는 경전) 읽는 그림

옥황상제가 백옥루 지은 장길을 불러 상량문(上梁文, 건물을 지을 때 기두에 대들보를 얹고 그 위에 마루를 올리면서, 건물의 무사장구(無事

長久)를 빌며 짓는 글) 짓게 하는 그림
칠월칠석 오작교에서 견우 직녀 만나는 그림
광한전 달 밝은 밤 약을 찧는 항아 그림

이렇게 그림이 층층이 붙어 있으니 광채가 찬란하여 정신이 혼미하였다.

또 한 곳을 바라보니, 부춘산의 엄자릉(嚴子陵, 본명은 엄광. 후한 광무제와 어릴 때부터 친구였는데 그가 황제가 되어 엄광에게 간의대부의 벼슬을 내리려 하자 부춘산으로 도망가 농사를 짓고 살았다고 함)이 간의대부 벼슬 마다하고 갈매기로 벗을 삼고 원숭이와 학으로 이웃을 삼아 양가죽옷 걸쳐 입고 추동강 칠리탄에서 낚시줄을 던지고 있는 모습이 역력히 그려져 있으니, 과연 신선의 세계라 할 만한 곳이고, 군자가 짝을 찾아 놀 만한 곳이었다. 그 가운데 한 남편만 따르겠다는 뜻으로 춘향이 써 붙인 글 한 수도 있었다.

봄바람에 대나무는 그윽한데
향을 피워 두고 밤새 책을 읽네

이도령은 여러 번 시를 읊으며 목란의 절개(목란은 중국 양나라의 효녀. 남장을 하고 부친을 대신해 전쟁에 나가 이기고 열두 해만에 돌아옴)가 담긴 훌륭한 시라고 칭찬하였다. 이런 칭찬을 듣고 월매가 한 마디 하였다.

"귀중하신 도련님이 누추한 집에 와주시니 황공하고 감격스럽습니다."

이도령이 그 말 한 마디에 말문이 열렸다.

"그럴 리가 있나? 우연히 광한루에서 춘향을 잠깐 보고 꽃을 찾는 벌나비의 취한 마음으로 오늘 밤 춘향의 어미 보러 왔으며, 또한 자네 딸 춘향이와 백년언약 맺고자 하니 자네 마음은 어떠한가?"

춘향의 어미가 대답하였다.

"말씀은 황송하오나 들어보십시오. 자하동 성참판 영감이 임시로 잠깐 지방으로 내려와 남원에 자리를 정하였을 때 소리개를 매로 보고 수청 들라 하기에 수령의 명령을 어기지 못하여 모신 지 석 달 만에 올라가셨지요. 그 후로 뜻밖에 낳은 아이가 저 애입니다. 그런 이유로 참판께 그 사연을 글로 올리니 젖줄 떨어지면 데려가신다던 그 양반이 불행히 세상을 떠나시니 보내지도 못하고, 내 손으로 길렀는데 어려서 잔병조차 그리 많았답니다. 일곱 살에 『소학(小學)』(중국 송나라 때 유자징이 주자의 지도를 받아 소년들의 학습을 위해 편찬한 교양서)을 읽혀 수신제가(修身齊家, 자기의 몸을 닦고 집안 일을 잘 다스림) 하는 온순한 마음을 가르치니 씨가 있는 자식이라 가르침을 모두 깨우치고, 삼강행실(三綱行實, 삼강행실도. 조선 세종 때 설순 등이 왕명으로 삼강의 모범이 될 충신, 효자, 열녀를 뽑아 그 덕행을 찬양하여 낸 책)을 보자면 누가 기생 딸이라 하겠습니까? 집안 형편이 보잘것없으니 재상가는 부당하고 선비(士)·서인(庶人) 상하에 다 미치지 못하니 혼인이 늦어져서 밤낮으로 걱정이던 중 도련님 말씀은 춘향과 백년가약 한다는 말씀이오나 그런 말씀 마시고 노시다가 가십시오."

그러나 이 말이 참말이 아니었다. 이도령이 춘향을 얻는다 하니 앞

일을 몰라 뒤를 늘려서 하는 말이었다.

이도령이 춘향과 금석맹약을 하다

이도령은 그냥 놀다 가라는 월매의 말에 기가 막혔다.

"좋은 일엔 흔히 마가 끼는 법이라네. 춘향도 미혼이나 나도 미혼이니 피차 언약이 이렇고, 육례(六禮, 정식으로 혼인할 때 하는 여섯 가지 절차. 신랑 될 사람 집에서 신부집에 청혼하는 납채, 점을 치기 위해 신부 어머니의 이름을 묻는 문명(文名), 신랑집에서 혼인날을 받아 신부집으로 보내는 납길(納吉), 신부집에서 푸른 비단과 붉은 비단을 신랑집으로 보내는 납폐(納幣), 신부집으로 편지를 보내 택일한 날짜의 가부를 묻는 청기(請期), 신랑이 신부집에 가서 신부를 맞아 오는 친영(親迎) 등을 가리킴)는 못할망정 양반의 자식이 일구이언(一口二言, 한 입으로 두 말을 한다는 뜻으로, 말을 이랬다 저랬다 하는 것을 가리키는 말)을 할 리가 있겠나?"

"또 내 말을 들으시오. 옛글에 '신하를 아는 데에는 임금만 한 이가 없다 하였고, 자식을 아는 데에는 부모만 한 이가 없다' 고 하였으니, 딸을 아는 데에는 어미만 한 이가 있겠습니까? 내 딸 마음속이야 내가 압니다. 어려서부터 가상한 뜻이 있어 행여 신세를 그르칠까 걱정하였고, 한 낭군을 섬기려고 일마다 하는 행실과 철석같이 굳은 뜻이 푸른 소나무와 푸른 대나무, 전나무가 사시사철 푸른 절개를 다투는 듯하니, 뽕밭이 푸른 바다가 될지라도 내 딸 마음이 변하겠습니까? 금과 은은 물론 오나라와 촉나라 땅에서 나는 비단을 산같이 쌓아둔

다 해도 받지 않을 테니, 백옥 같은 내 딸의 마음 맑은 바람이라도 따르겠습니까? 다만 성현의 가르침을 본받고자 할 뿐이지만, 도련님이 욕심을 부려서 장가들기 전에 부모 몰래 깊은 사랑을 금석같이 맺었다가 소문이라도 나서 내 딸을 버리신다면, 옥 같은 내 딸 신세야 색깔 고운 대모(바다거북이의 등껍데기. 공예품과 장식품 등에 귀하게 쓰임) · 진주나 고운 구슬에 구멍을 뚫어서 실에 꿰었던 노리개가 깨어진 것처럼 될 것이니, 맑은 강에서 놀던 원앙새가 짝 하나를 잃었다 해도 어찌 내 딸과 같겠습니까? 도련님의 속마음이 말과 같다면 알아서 하시오."

"그건 두 번 다시 염려 마시오. 내 가슴속에는 간절하게 굳은 마음이 가득하다오. 우리 신분이 다르고, 춘향이와 내가 평생을 약속할 때 혼인상을 차리고 폐백을 하지 않는다 하더라도, 바다같이 깊은 내 마음이 춘향이 사정을 모르겠는가?"

이와 같이 이야기하니 청실 홍실의 육례를 갖추어 만난다 해도 이보다 더 분명할 것이 없을 듯하였다.

"내가 이것을 첫 장가같이 여길 터이니 내가 부모 모신 처지 염려 말고, 장가 들기 전이라는 염려도 하지 마소. 대장부 먹은 마음으로 춘향이를 박대하는 짓을 하겠는가? 허락만 하여 주오."

춘향 어미는 이 말을 듣고 가만히 앉았다가 지난밤 꿈을 생각하고 이것이 천생연분인 줄 짐작하고, 기꺼이 허락하며 향단을 불렀다.

"봉새가 나니 황새가 나고, 장군이 나니 용마가 나고, 남원의 춘향이 나니 이화춘풍(梨花春風, 배꽃과 봄바람)이 아름답구나. 향단아, 주안

상을 들여오너라."

"예."

향단이 하는 대답과 함께 주안상이 들어오는데, 차림새가 정결하다. 큰 양푼에 소갈비찜, 작은 양푼에 돼지고기찜, 펄펄 뛰는 숭어찜, 포드득 나는 메추리탕에, 동래 울산의 큰 전복을 대모장도와 같이 잘 드는 칼로 맹상군(孟嘗君, 중국 제나라의 정승. 정치가)의 눈썹처럼 어슷어슷 오려놓고, 염통 · 산적 · 양 볶음과 꿩꿩 우는 봄꿩의 다리를 적벽(赤壁, 경기도 장단에 있는 곳으로 대접의 생산지) 대접에 담아 놓고, 분원 그릇에는 냉면조차 비벼놓고, 생밤 · 삶은 밤에 잣송이며, 호두, 대추, 석류, 유자, 곶감, 앵두, 탕그릇 같은 푸른 배를 가지런히 고여놓았다.

안주가 이러하니 술병 차린 것은 어떠할까? 티없는 백옥병과 푸른 바다의 산호병, 금이 나는 우물에 지는 오동잎 오동병과 목이 긴 황새병, 목이 짧은 자라병, 당화(唐畵, 중국 당나라 그림) 그려진 당화병, 금물을 칠한 쇄금병, 소상강 동정호의 죽절병, 그 가운데 알 모양의 은주전자, 붉은 구리주전자, 금주전자를 차례로 잘 갖추어놓았다.

술 이름이 있을 것인데 속세에 귀양 온 이태백이 마시던 포도주, 오래 살았다는 안기생(安期生)의 자하주, 산림에 묻혀 사는 도인들이 마시는 송엽주 · 과하주 · 방문주 · 천일주 · 백일주 · 금로주 · 팔팔 뛰는 화주, 약주가 있는데, 그 가운데 향기로운 연잎주 골라내어 은주전자에 가득 부어 청동 화로 참숯불에 찬물 냄비가 끓는 가운데 은주전자 살살 둘러 뜨겁지도 차지도 않게 데워내어 금잔 · 옥잔 · 앵무잔을 그 가운데에 띄웠으니, 하늘나라 연꽃 피는 곳에 사는 태을선녀(太乙仙女)

가 연잎배를 띄우듯, 정일품 영의정 머리 위에 파초잎 모양의 큰 부채 띄우듯 두둥실 띄워놓았다. 이렇게 좋으니 권주가 한 곡조에 한 잔 한 잔 또 한 잔 저절로 잔이 넘어갔다.

이도령이 잔을 받아 들고,

"오늘 밤 하는 절차를 보니, 관청도 아닌데 어찌 이렇게 갖추었는가?"

하자, 춘향 어미가 말하였다.

"내 딸 춘향이를 곱게 길러 요조숙녀로 좋은 배필을 만나 거문고와 비파처럼 평생 함께 즐기려 할 때, 사랑에서 노는 손님, 영웅호걸, 글 잘하는 선비들과 죽마고우 벗님네들 밤낮으로 즐기실 때, 안채의 하인을 불러 밥상 · 술상을 재촉할 때, 보고 배우지 못하고서는 어찌 대접하겠습니까? 안사람이 민첩하지 못하면 가장(家長)의 체면을 깎는 법, 내 생전에 잘 가르쳐 아무쪼록 본받아 행하라고 돈 생기면 사 모아서, 손으로 만들어 눈에 익고 손에도 익으라고 한시도 놓지 않고 시킨 것이 이것입니다. 부족하다 마시고 입맛대로 잡수시오."

춘향이 고개를 살며시 돌리고 조심스레 앵무잔에 가득 술을 부어 올리니 이도령이 탄식하여 말하였다.

"내 마음대로 한다면 육례를 행할 것이나 그렇게는 못하고 개구멍 서방으로 들고 보니, 이 아니 원통하냐? 얘, 춘향아. 그러나 우리 둘이서 혼례상 술로 알고 먹자."

한 잔 술 부어서 들고,

"내 말을 들어보아라. 첫째 잔은 인사주요, 둘째 잔은 합환주(合歡酒,

결혼할 때 남녀가 잘 살라고 함께 먹는 술)니, 이 술을 근원 근본으로 삼아보자. 순 임금이 아황과 여영을 만난 연분이 귀중하다 하였는데, 월하노인(月下老人, 부부의 인연을 맺어 주는 중매쟁이 노인을 뜻함)이 맺어준 우리 연분, 천만 년이라도 변하지 않을 연분, 대대로 삼정승 · 육판서 자손대대로 번성하여 아들 · 손자 · 증손자 · 고손자들을 무릎 위에 앉혀놓고 잼잼 달궁달궁. 이렇게 백 살까지 살다가 한날 한시 마주 누워서 누가 먼저랄 것 없이 죽게 되면, 천하에 제일 가는 연분이 아니겠느냐?"

술잔을 들어 마신 후에 춘향 어미에게도 권하였다.

"향단아, 너의 마님께도 술 부어 드려라. 장모, 얼굴이 왜 그러오? 경사 술이니 한 잔 드시오."

춘향 어미는 술잔을 들고 기쁜 듯 하는 말이,

"오늘은 딸이 평생을 함께할 연분을 맺은 날이니 내가 무슨 슬픔이 있으리까마는, 애비 없이 길러낸 저 애를 보니 영감 생각이 간절해서 그러합니다."

"이미 이렇게 된 일, 다른 생각 말고 술이나 먹소."

춘향 어미와 더불어 여러 잔을 나눈 후에 이도령은 상을 방자에게 물려주었다.

"너도 먹고 방자도 먹어라."

통인과 방자가 상을 물리자 대문도 중문도 모두 닫혔다.

춘향 어미가 향단이를 불러서 이부자리를 깔게 하였다. 향단이가 원앙금침과 잣베개와 샛별 같은 요강, 대야까지 말끔히 마련해두자, 월매가 향단에게 말하였다.

"도련님, 편히 쉬세요. 향단아, 나오너라. 오늘은 나하고 함께 자자."

춘향 어미가 향단을 데리고 안방으로 건너갔다.

드디어 춘향과 이도령이 마주 앉아놓으니 다음 일이 어찌 되겠는가? 저녁 햇살을 받은 삼각산 제일봉에 봉황이 앉아 춤을 추듯, 이도령이 두 팔을 구부정하게 들고 춘향의 섬섬옥수를 받들듯이 겹쳐 잡고 옷을 공교하게 벗기다가 두 손을 썩 놓더니 춘향의 가는 허리를 덥썩 안고서,

"치마를 벗어라."

하니, 춘향이 부끄러워 몸을 틀며 이리 굼실 저리 굼실, 도령님이 치마 벗겨 제쳐놓고 바지와 속곳을 벗길 때에 무한히 애를 썼다. 이리 굼실 저리 굼실 동해의 청룡이 굽이치는 듯하였다.

"아이고 놓으세요, 좀 놓으세요."

"에라, 안 될 말이다."

바둥거리던 와중에 이도령이 춘향의 옷 끈을 풀어 발가락에 딱 걸고서 껴안고 지그시 누르며 기지개를 켜니 발길 아래로 떨어졌다. 옷이 활짝 벗어지니 형산에서 난다는 백옥덩이가 곱다지만 이보다 더할까. 옷이 활짝 벗겨지니 이도령은 그 모양을 보려고 살그머니 놓았더니,

"아차, 손이 빠졌다."

하는 사이에 춘향이 이부자리 안으로 달려 들어갔다. 이도령이 왈칵 좇아가 드러누워 저고리를 벗겨내어 이도령 옷과 모두 한데다 둘둘

뭉쳐서 한편 구석에 던져두고 둘이 안고서 마주 누웠으니, 그대로 잘 리가 있을까.

뼛속에 있는 즙을 짜내는데, 세 겹 이불이 춤을 추고 샛별 요강은 장단을 맞춰 쨍그렁 쨍쨍, 문고리는 달랑달랑, 등잔불은 가물가물, 맛있게 잘 자고 났구나. 그 가운데 짜릿한 일이야 오죽하였을까.

이도령과 춘향이 사랑 노래를 부르다

이도령과 춘향은 노는 재미에 빠져 세상 일을 다 잊고 있었다. 처음에는 서로 부끄러웠으나 하루 이틀이 지나자 우스갯소리도 하고 조금씩 장난도 치게 되었다. 그 모든 짓이 사랑의 노래가 되었다. 사랑으로 놀면서 「사랑가」를 부르는데,

사랑 사랑 내 사랑이야.
동정호 칠백 리 달빛 아래 무산같이 높은 사랑
눈길 끝나는 곳, 가없는 물결 하늘같고 바다같이 깊은 사랑
옥산 꼭대기 달 밝은데 가을산 봉우리 위에 달 같은 사랑
일찍이 춤 배울 때 피리 부는 이를 묻던 사랑
유유히 지는 해 달빛 스미는 주렴 사이 복숭아꽃 배꽃 피어 비친 사랑
고운 초생달 분같이 하얀데 교태를 머금은 숱한 사랑
달 아래 삼생(三生, 전생 · 이생(이승) · 후생을 가리킴)의 연분 너와 내가 만난 사랑
허물없는 부부 사랑
꽃비 내린 동산에 모란같이 펑퍼지고 고운 사랑

영평바다 그물같이 얽히고 맺힌 사랑
은하수 직녀의 비단같이 올올이 이은 사랑
아리따운 기생의 이불같이 솔기마다 감친 사랑
시냇가 수양같이 축 쳐지고 늘어진 사랑
남북 창고에 쌓인 곡식같이 다물다물 쌓인 사랑
은장식 옥장식같이 모서리마다 잠긴 사랑
영산홍이 봄바람에 넘노니, 노란 벌과 흰나비가 꽃을 물고 즐기는 사랑
푸르고 맑은 강에 원앙새 두둥실 마주 떠 노는 사랑
해마다 훨훨 칠월칠석 견우직녀 만난 사랑
육관대사 제자인 성진이가 팔선녀와 노는 사랑
산도 뽑을 기세의 초패왕이 우미인과 만난 사랑
당나라 명황제가 양귀비 만난 사랑
명사십리 해당화같이 예쁘고 고운 사랑
네가 모두 사랑이로구나.
어화 둥둥 내 사랑아
어화 내 간간 내 사랑이로구나.

두 사람이 주고받는 농담과 「사랑가」는 끝없이 이어졌다.

여봐라 춘향아, 저리 가거라, 가는 자태를 보자.
이만큼 오너라, 오는 자태를 보자.
빵긋 웃고 아장아장 걸어라, 걷는 자태를 보자.

너와 내가 만난 사랑, 연분을 팔려고 한들 팔 곳이 어디 있어. 생전(生前) 사랑이 이러하고 어찌 사후(死後) 기약이 없겠는가.

너는 죽어 될 것이 있다. 너는 죽어 글자가 되되, 땅 지(地), 그늘 음(陰), 아내 처(妻), 계집 녀(女) 변이 되고, 나는 죽어 글자가 되되 하늘

천(天), 하늘 건(乾), 지아비 부(夫), 사내 남(男), 아들 자(子) 몸이 되어 계집 녀(女), 변에다 딱 붙이면 좋을 호(好) 자로 만나보자. 사랑 사랑 내 사랑.

너 또 죽어서 될 것이 있다. 너는 죽어 물이 되되, 은하수 · 폭포수 · 창해수 · 청계수 · 옥계수, 한 줄기 장강 다 그만두고 칠 년 동안의 큰 가뭄에도 늘 젖어 있는 음양수(陰陽水, 끓는 물에 찬물을 탄 물)란 물이 되고,

나는 죽어 새가 되되, 요지(瑤池)의 해와 달 속에 노는 청조 · 청학 · 백학이며 대붕조 그런 새가 되지 말고, 쌍쌍이 오가며 떠날 줄 모르는 원앙새가 되어 푸른 물의 원앙처럼 어화둥둥 떠 놀거든 나인 줄 알려무나.

사랑 사랑 내 간간 내 사랑이야.

"아니 그것도 나는 안 될래요."

"그러면 너 죽어 될 것이 있다. 너는 죽어 경주 인정(人定, 밤에 통행금지를 알리려고 친 큰 종. 서울 보신각, 경주 봉덕사 종)도 되지 말고 전주 인정도 되지 말고, 송도 인정도 되지 말고 장안 종로 인정 되고, 나는 죽어 인정 망치 되어, 온 하늘 온 별자리에 응하여, 길마재(서울 서대문구에 있는 산. 말의 안장인 길마처럼 길게 생겼다고 해서 붙은 이름. 안산)에 봉화 세 자루 꺼지고, 남산 봉화 두 자루 꺼지면, 인정 첫 마디 치는 소리 그저 땡땡 칠 때마다 다른 사람 듣기에는 인정 소리로만 알아도, 우리 속으로 '춘향 뎅 도련님 뎅' 이라. 만나 보자꾸나. 사랑 사랑 내 간간 내 사랑이야."

"아니, 그것도 나는 싫어요."

"그러면 너 죽어 될 것이 있다. 너는 죽어 방아확(방아공이가 떨어지는 자리에 놓인, 돌절구 모양의 우묵한 돌)이 되고, 나는 죽어 방아공이가 되어,

'경신년 경신월 경신일 경신시의 강태공 조작'(옛날 우리 풍속에 방아를 처음 만들 때 나쁜 기운을 없애기 위하여 방아의 몸 한쪽에 '경신년 경신일 경신시 강태공 조작'이란 열일곱 글자를 쓰고 위아래에 용(龍), 구(龜). 두 자를 따로 썼음) 방아. 그저 떨구덩 떨구덩 찍거들랑 나인 줄이나 알려무나. 사랑 사랑 내 사랑 내 간간 사랑이야."

그러자 춘향이 말하였다.

"싫소, 그것도 나는 안 될래요."

"어찌하여 그러느냐?"

"나는 언제나 어찌하여 이생이나 후생이나 밑으로만 된단 말이오. 재미없어서 못하겠소."

"그러면 너 죽어 위로 가게 하마. 너 죽어 맷돌 위짝이 되고, 나는 죽어 밑짝이 되어, 이팔청춘 미인들이 섬섬옥수로 밑대줄 잡고 슬슬 돌리면 둥근 하늘 모난 땅처럼 휘휘 돌아가거든 나인 줄 알려무나."

"싫소. 그것도 아니 되려오. 위로 생긴 것이 부아나게만 생기었소. 무슨 년의 원수로서 일생 한 구멍이 더하니 아무것도 나는 싫소."

"그러면 너 죽어 될 것이 있다. 너는 죽어 명사십리 해당화가 되고 나는 죽어 나비 되어 나는 네 꽃송이 물고 너는 내 수염 물고 춘풍이 건듯 불거든 너울너울 춤을 추고 놀아보자. 사랑 사랑 내 사랑아. 내 간간 사랑이지. 이리 보아도 내 사랑, 저리 보아도 내 사랑. 이 모두 내 사랑 같으면 사랑 걸려 살 수 있나. 어화 둥둥 내 사랑아, 내 예삐 내 사랑아. 빵긋빵긋 웃는 것은 화중왕 모란화가 하룻밤 가랑비 뒤에 밤에만 피고자 한 듯 아무리 보아도 내 사랑 내 간간이로구나."

"아니, 그것도 나는 싫어요."

"그러면 어쩌자는 말이냐? 너와 내가 정이 있으니 '정' 자로 놀아보자. 같은 소리 '정' 자 모아 노래나 불러보자."

"먼저 불러보세요."

"내 사랑아 들어보아라."

너와 나와 유정(有情)하니 어이 아니 다정하리.
고요히 흘러가는 긴 강물에 먼 곳에서 온 나그네의 정,
다리 위에서 이별 말지니, 강물 위 머금은 정,
임 보내는 남포에서 슬픔을 이기지 못하는 정,
아무도 볼 수 없구나 날 보내는 정,
한태조(漢太祖, 중국 한나라를 세운 유방을 가리킴) 반가운 비 같은 정,
삼정승 육판서 모든 신하들이 모인 조정(朝廷),
수양하는 도량(道場)은 청정(淸淨) 도량은 청정(淸淨, 수양을 닦는 장소가 매우 깨끗함),
각시의 친정, 친구들과의 통정(通情),
난세(亂世)의 평정(平靜),
우리 둘의 천 년 사귀는 정,
달 밝고 별 빛나는 소상강의 동정,
세상 만물의 조화지정(造化之定, 세상의 만물은 조화옹이 정함),
근심 걱정, 뜻한 바의 원정(遠征, 적을 치러 가거나 먼 곳을 탐사하러 감),
주워 인정, 음식 투정,
복 없는 저 방정,
송정(訟庭) · 관정(官庭) · 내정(內庭) · 외정(外庭),
애송정(愛松亭) · 천양정(穿楊亭)에 양귀비의 침향정(沈香亭),
이비(二妃)의 소상정(瀟湘亭),

한송정(寒松亭), 백화만발 호춘정(好春亭),

기린봉이 달을 토해 내는 백운정(白雲亭),

너와 나와 만난 정,

일정실정(一定實情, 일정은 한 번 작정하는 것. 실정은 진실한 정. 두 사람의 한 번 마음 먹은 진실한 애정을 가리킴),

말하자면 내 마음은 원형이정(元亨利貞, 『주역』의 맨 첫 구절로, 하늘은 크게 형통하고 굳세어야 이롭다는 뜻),

네 마음은 일편탁정(一片託情, 한 조각 맡긴 정. 춘향이 이도령에게 마음을 맡긴 것을 이름).

이같이 다정하다가

만일 정이 깨지면 복통절정(腹痛切情, 끊어진 정을 배 아프듯 아파함).

걱정되니 진정으로 원정(原情, 사정을 하소연함)하자는 그 정(情) 자로구나.

춘향이는 좋아라고 하는 말이,

"정 속은 깊기도 하네요. 우리 집 재수 있게 『안택경』(집안에 탈이 없도록 터주를 위로할 때 점치는 봉사가 외는 경문)이나 좀 읽어주세요."

이도령은 허허 웃고,

"그뿐인 줄 아느냐? 또 있지. '궁' 자 노래를 들어 보아라."

"아이고, 얄궂고도 우습소. '궁' 자 노래가 무엇이오?"

"너는 들어보아라. 좋은 말이 많을 것이니라."

하며 노래를 계속하였다.

좁은 천지 개태궁(開胎宮).

뇌성벽력 풍우 속에 상서로운 햇빛 · 달빛 · 별빛이 풀린 장엄한 창합궁.

성덕이 넓으셔서 조림이 어쩐 일인가.

술로 만든 연못에 손님이 구름 같던 은나라 주왕의 대정궁(大庭宮), 진시황의 아방궁, 천하를 얻게 된 까닭 물으신 한태조의 함양궁(咸陽宮), 그 곁에 장락궁(長樂宮).

반첩여의 장신궁(長信宮).

당 명황제 상춘궁(賞春宮).

이리 올라 이궁(離宮, 행궁(行宮). 왕이 궁성 밖에 나갔을 때 잠시 묵는 곳)

저리 올라 별궁(別宮, 왕이나 왕세자 혼례 때 비(妃)를 맞아들이는 궁).

용궁 속의 수정궁.

월궁 속의 광한궁.

너와 나와 함궁하니 한평생 무궁이라.

이 궁 저 궁 다 버리고 네 두 다리 새 수룡궁에

내 힘줄 방망이로 길을 내자꾸나.

춘향이 반쯤 웃고,

"그런 잡담은 마시오."

하자, 이도령이 하는 말이,

"그것이 잡담이 아니다. 춘향아, 우리 둘이서 업음질이나 해보자."

"아이, 참 상스러워라. 어떻게 업음질을 해요."

이도령은 업음질을 여러 번 해본 듯이 말하는 것이었다.

"업음질은 천하에서 쉬운 일이라. 너와 나와 홀딱 벗고서 업고 놀고, 안고도 놀면 그것이 업음질이지."

"아이고, 나는 부끄러워 못 벗겠소."

"에라, 요 계집애야. 안 될 말이다. 내가 먼저 벗으마."

버선, 대님, 허리띠, 바지, 저고리 활딱 벗어 한쪽 구석에 밀어놓고 우뚝 서니 춘향이 그 행동을 보고 방긋 웃고 돌아서서,

"영락없는 낮도깨비 같소."

"오냐, 네 말이 좋다. 천지만물이 짝 없는 것이 없느니라. 두 도깨비 놀아보자."

"그러면 불이나 끄고 놉시다."

"불이 없으면 무슨 재미가 있겠느냐. 어서 벗어라. 어서!"

"아이고, 나는 싫어요."

이도령이 춘향의 옷을 벗기려고 할 때 넘놀면서 얼러댄다. 사방에 첩첩이 둘러싸인 푸른 산중에 늙은 호랑이가 살찐 암캐를 물어다 놓고 이는 없어 먹지는 못하고 으르렁 으르렁 아웅 어르는 듯, 북쪽 바다에 사는 검은 용이 여의주를 입에다 물고 오색 구름 사이에서 넘노는 듯, 단혈지산의 봉황이 대나무 열매를 물고 오동 속으로 넘노는 듯, 깊은 못 푸른 학이 난초를 물고서 노송 사이에서 넘노는 듯, 춘향의 가는 허리를 후리쳐서 덥썩 안고 기지개를 으드드 떨며 귓밥도 쪽쪽 빨고 입술도 쭉쭉 빨면서 주홍색의 혀를 물고, 오색으로 단청한 순금 장롱 안에 쌍쌍이 날아드는 비둘기같이 꾹꿍 끙끙 으흥거리다가, 뒤로 돌아서 담쏙 안고 젖을 쥐고 발발 떨며 저고리, 치마, 바지, 속곳까지 활짝 벗겨놓으니, 춘향이 부끄러워 한편으로 앉았을 때, 도련님 답답하여 가만히 살펴보니 복날 찜질한 것처럼 얼굴에 구슬땀이 송송 맺혔다.

"애 춘향아, 이리 와 업히어라."

이도령이 춘향을 업었다.

"어따, 그 계집애 엉덩이가 꽤나 무겁다. 네가 내 등에 업혀 있으니까, 마음에 어떠냐?"

"더할 수 없이 좋소이다."

"좋으냐?"

"좋아요."

"나도 좋다. 좋은 말을 할 것이니 네가 대답만 하여라."

"대답할 터이니 말해보세요."

"네가 금(金)이더냐."

"금이란 당치 않소. 팔 년 동안 초나라 한나라가 싸우던 때 한나라 승상 진평(陳平)이 초패왕의 신하 범아부(范亞父)를 잡으려고 금 사만 냥을 뿌렸으니, 금이 어찌 남아 있겠어요?"

"그러면 진옥이냐?"

"옥이라니 당치 않아요. 만고 영웅인 진시황이 형산의 옥을 얻어 이사(李斯)의 명필로 '명을 하늘에서 받았으니 장수하며 길이 번창하리라'는 옥새를 만들어 대대로 물려주었으니, 옥이 어찌 되겠어요?"

"그러면 네가 무엇이냐? 해당화냐?"

"해당화라니 당치 않아요. 명사십리가 아니거늘 해당화가 될 수 있겠어요?"

"그러면 네가 무엇이냐? 밀화, 금패(錦貝), 호박, 진주냐?"

"아니, 그것도 당치 않아요. 삼정승 육판서 대신(大臣) 재상들과 팔도 고을마다 수령님네 갓끈 풍잠으로 다 쓰고, 남은 것은 서울의 일등 기생 반지 벌을 많이 만드니, 호박 · 진주는 맞지 않아요."

"그러면 네가 대모 · 산호냐?"

"아니, 그것도 내가 아니에요. 대모 간 큰 병풍을 산호로 난간을 만들어 남해의 바다신 광리왕(廣利王)의 상량문에 용궁의 보물이 되었으니, 대모 산호도 맞지 않아요."

"네가 그러면 반달이냐?"

"반달이라니 당치 않아요. 오늘밤이 초생이 아니거늘 푸른 하늘에 돋는 보름달을 내가 어떻게 기울게 하겠어요?"

"네가 그러면 무엇이냐? 날 홀려먹은 불여우냐? 네 어머니 너를 낳아 곱게 곱게 길러 나를 홀려먹으라고 생겼느냐? 사랑 사랑 사랑이야, 내 사랑이야. 네가 무엇을 먹으려는 것이냐? 생밤 찐밤을 먹으려는 것이냐? 둥글둥글 수박을 웃봉지 대모장도 드는 칼로 뚝 떼고 강릉 백청(白淸)을 두루 부어 은수저 반간지로 붉은 점 한 점을 먹으려느냐?"

"아니 그것도 나는 싫어요."

"그러면 무엇을 먹으려느냐? 시금털털한 개살구를 먹으려느냐?"

"아니, 그것도 나는 싫어요."

"그러면 무엇을 먹으려느냐. 돼지 잡아주랴? 개 잡아주랴? 내 몸을 통째로 먹으려느냐?"

"여보세요, 도련님. 내가 사람 잡아먹는 것을 보았어요?"

"에라 요것. 안 될 말이로다. 어화둥둥 내 사랑이지, 애 춘향아 내리려무나. 백 가지 만 가지 일이 모두 품앗이가 있는 법이다. 내 너를 업었으니 너도 나를 업어라."

"에고 도령님은 기운이 세어서 나를 업었지만, 나는 기운이 없어서 못 업겠어요."

"업는 수가 있느니라. 위로 높게 업으려고 하지 말고, 빨리 땅에 닿을 듯 말 듯 뒤로 젖힌 듯하게 업어다오."

이도령을 업고 툭 추켜 올리려니 중심이 틀어졌다.

"에그 잡성스러워라."

이리 흔들, 저리 흔들 하였다.

"내가 네 등에 업혀놓으니 마음이 어떠하냐? 나도 너를 업고 좋은 말을 하였으니, 너도 나를 업고 좋은 말을 해야지?"

"좋은 말을 하겠어요, 들으세요.

중국의 은나라 어진 재상 부열(傅說)을 업은 듯, 강태공을 업은 듯, 가슴에 뛰어난 지략을 품었으니 이름을 나라에 떨치는 대신 되어, 기둥 같고 머릿돌 같은 신하, 나라를 이끄는 충신을 모두 헤아리니, 사육신을 업은 듯, 생육신을 업은 듯, 해 선생 달 선생 고운(孤雲) 선생을 업은 듯, 의병장 제봉(霽峯, 조선 시대 의병장인 고경명)을 업은 듯, 반란군을 정벌한 요동백(遼東伯, 조선 시대 광해군 때 무사 김응하)을 업은 듯, 송강(松江) 정철(조선 선조 때의 문신이자 시인)을 업은 듯, 충무공(忠武公) 이순신을 업은 듯, 우암(尤庵) 송시열(조선 후기이 문신이자 학자), 퇴계(退溪) 이황, 사계(沙溪) 김장생(조선 중기의 정치가이자 예학사상가), 명재(明齋) 윤증(조선 중기의 문신)을 업은 듯, 내 서방이지 내 서방, 알뜰 간간 내 서방.

진사 급제하고 한림학사 된 연후에 부승지, 좌승지, 도승지로 당상관(堂上官, 문신은 정3품 통정대부 이상, 무신은 정삼품 절충장군 이상의 벼슬아치를 말함)이 되어 팔도 관찰사 지낸 후에, 내직으로 규장각 관원 각신, 대교를 거쳐 대제학, 대사성, 육판서, 삼정승 다 지낸 후에 내직 삼천, 외직 팔백의 기둥 같은 신하, 내 서방, 알뜰 간간 내 서방이지."
하자, 이도령이 춘향 어깨를 제 손으로 진물나게 문질렀다.

"춘향아, 우리 말놀이나 좀 하여보자."

"아이고 참 우스워라. 말놀이가 무엇이에요?"

이도령은 말놀이를 많이 해본 듯이,

"천하에 쉽지. 너와 내가 벗은 김에 너는 온 방바닥을 기어다녀라. 나는 네 궁둥이에 딱 붙어서 네 허리를 잔뜩 끼고 볼기짝을 내 손바닥으로 탁 치면서 '이랴' 하면, 너는 '흐흥' 거리면서 뒷발질로 물러서며 뛰어라. 알심 있게 뛰어놀면 탈 '승(乘)' 자 놀이가 있느라."

타고 놀자. 타고 놀자.
헌원씨(軒轅氏) 방패와 창을 배워,
탁록산 들판에서 큰 안개 만들어 대항하던 치우(蚩尤)를 사로잡고,
승전고를 울리면서 지남철 붙인 수레 높이 타고,
하우씨(夏禹氏)가 구 년 홍수 다스릴 때
땅 위에서 수레를 높이 타고,
적송자는 구름 타고, 여동빈은 백로 타고,
이적선은 고래 타고, 맹호연은 나귀 타고,
태을선인은 학을 타고, 대국 천자는 코끼리 타고,
우리 임금은 연(임금이 타는 가마) 타고, 삼정승은 평교자(정1품 이상의 벼슬아치들이 타던 가마) 타고,

육판서는 초헌(종2품 이상의 벼슬아치가 타던 수레) 타고, 훈련대장 수레 타고,

각 읍 수령은 독교(소가 끄는 가마) 타고, 남원부사는 별련(좌우와 앞에 주렴이 있고 긴 모양의 가마) 타고,

해 저문 장강의 어부들은 작은 조각배를 도도히 타고,

나는 탈 것이 없으니 오늘 한밤중에,

춘향이 배를 넌지시 타고 홑이불로 돛을 달아,

내 기계로 노를 저어 오목한 섬으로 들어간다.

순풍(順風)에 음양수(陰陽水)를 시름없이 건너갈 때,

말을 삼아 탈 양이면 걸음걸이 없겠는가.

마부는 내가 되어 네 구종을 넌지시 잡아,

성큼성큼 화장 걸음(저고리 겨드랑이에서 소매 끝까지 벌리고 그 폭으로 성큼성큼 걷는 걸음)으로 뚜벅뚜벅 걸어라.

청총마 뛰듯 뛰어라.

온갖 장난을 다하고 보니 이런 장관이 또 있겠는가? 이팔, 이팔 둘이 만나 끌린 마음에 세월 가는 줄 몰랐다.

이도령이 서울로 가게 되다

어느 날 뜻밖에 방자가 급히 와서 알렸다.

"도령님! 사또께서 부르시오."

이도령이 들어가니 사또가 말하였다.

"여봐라! 서울서 동부승지(同副承旨, 승정원의 정3품 벼슬로 남원 부사보다

는 높은 자리)의 교지가 내려왔다. 나는 뒷정리를 다 하고 갈 것이니, 너는 어머니를 모시고 내일 떠나거라."

아버지의 말을 들은 이도령은 한편 반가우나 한편 춘향을 생각하니 가슴이 답답하여 사지의 맥이 풀리고 간장이 녹는 듯 두 눈에서 더운 눈물이 펑펑 솟아 고운 얼굴을 적셨다. 사또가 이를 보고 물었다.

"너 왜 우느냐? 내가 남원에서 일생을 살 줄 알았더냐? 승진해서 서울로 가는 것이니 섭섭하게 생각지 말고 오늘부터 길 떠날 준비를 급히 해서 내일 오전에 떠나거라."

겨우 대답하고 물러 나와 안방으로 들어가, 사람의 상중하를 막론하고 어머니에게는 허물이 없으므로 춘향의 이야기를 사실대로 울며 이야기하였다가 꾸중만 실컷 듣고 나와 춘향의 집으로 갔다. 기가 막히도록 서러우나 길거리에서 울 수 없어 참고 가는데, 속에서는 두 간장이 끊어지는 듯하였다. 춘향이 집문 앞에 도착하니 눈물이 통째 건더기째 보자기째 왈칵 쏟아져 나왔다.

"어푸 어푸, 어허엉."

춘향이 깜짝 놀라 왈칵 뛰어나왔다.

"애고, 이게 웬일이오? 안으로 들어가시더니 꾸중만 들으셨소? 길거리에서 무슨 분한 일이라도 당하셨소? 서울서 무슨 기별이 왔다더니, 상이라도 당하셨소? 점잖으신 도련님이 이게 웬일이오?"

춘향이 이도령의 목을 덥석 안고 치맛자락을 걷어잡고 잘생긴 얼굴에서 흐르는 눈물을 이리 씻고 저리 씻으면서 달랬다.

"울지 마세요. 울지 마세요."

이도령은 기가 막혔다. 울음이란 게 말리는 사람이 있으면 더 울게 되는 것이었다. 춘향이 화를 냈다.

"여보 도련님, 우는 입 보기 싫어요. 그만 울고 이유나 말해주세요."

"사또께서 동부승지가 되셨단다."

춘향이 좋아하였다.

"도련님 댁의 경사가 아니오? 그런데 왜 운단 말이오?"

"너를 버리고 갈 터인데, 내가 아니 답답하냐?"

"언제는 남원 땅에서 평생 사실 줄 알았소? 나와 어찌 함께 가기를 바라겠어요. 도련님 먼저 올라가시면 나도 여기서 팔 것은 팔고, 나중에 올라갈 것이니 아무 걱정 마시오. 내 말대로 하면 귀찮지 않고 좋을 거예요. 제가 올라가더라도 도련님 큰댁에서는 살 수 없을 테니 가까운 곳에 방 두엇 되는 집이나 좀 알아봐 주세요. 우리 식구 가더라도 공짜밥은 먹지 않을 것이니 걱정일랑 붙들어 두세요. 그럭저럭 지내다 보면 도련님 나만 믿고 장가 아니 갈 수 있겠어요? 부유하고 가문 높은 재상가 요조숙녀 가려 혼인을 하더라도 저를 아주 잊지는 말아주세요. 그러다가 도련님이 과거 급제하고 벼슬 높아져 외직에 나갈 때 첩으로 데려가면 무슨 말이 나겠어요? 그렇게 알고 조처해주세요."

"그게 될 법한 말이냐? 사정이 이러하니 사또께는 말도 못 꺼내고 네 말을 대부인께 여쭈었더니 꾸중이 대단하시더라. '양반의 자식이 부형을 따라 지방에 내려왔다가 기생첩을 들여 데려간다면 앞길에도 해롭고 조정에 들어 벼슬도 못한다' 고 말씀하신다. 어쩔 수 없이 이별이 될 수밖에 없다."

이 말을 들은 춘향은 얼굴빛이 변하면서 머리를 흔들고 눈알을 씰룩대며 얼굴은 붉으락푸르락, 눈은 가늘게 뜨고, 눈썹이 꼿꼿해지면서 코는 벌렁벌렁하며, 이를 뽀드득 뽀드득 갈며 온몸을 쑤신 입 틀듯이 하며, 돌연 꿩을 차는 매처럼 주저앉더니,

"허허 이게 웬일이오?"

춘향이 왈칵 달려들어 치맛자락도 와드득 주루룩 찢어버리고, 머리카락도 와드득 쥐어뜯어 싹싹 비벼 도련님 앞에다 내던졌다.

"무엇이 어쩌고 어째요? 이것도 쓸데없다, 쓸데없어."

악을 썼다. 방으로 달려들어가 얼굴 비춰보는 거울, 몸을 비춰보는 거울, 산호로 만든 비녀를 손에 잡히는 대로 방문 밖에 탕탕 부딪치며, 발을 동동 굴러 손뼉치고 돌아앉아 탄식하며 울었다.

"서방님 없는 춘향이가 세간 무엇하며, 화장하여 누구 눈에 곱게 보일까. 몹쓸 년의 팔자로다. 이팔청춘 젊은 것이 이별할 줄 어찌 알았겠는가? 부질없는 이내 몸은 허망하신 말씀으로 앞길 신세 버렸구나. 아이고 아이고, 내 신세야."

한참 울던 춘향이 천연덕스럽게 돌아앉아,

"여보 도련님! 지금 막 하신 말씀 참말이요, 농담이오? 우리 둘이 만나 백년언약 맺을 때에 대부인이나 사또께서 시키시던 일이오? 핑계가 웬일이오? 광한루에서 잠깐 보고 내 집에 찾아와서, 인적없는 한밤중에 도련님은 거기 앉고 춘향 저는 여기 앉아 저한테 하신 말씀, '금석맹약 어길 수 없다' 고 작년 오월 단오일 밤에 내 손목 부여잡고

우당탕탕 밖에 나와 마루 가운데 우뚝 서서 맹세하기에 내 정녕 믿었더니, 결국 가실 때는 뚝 떼어버리시니, 이팔 청춘 젊은 것이 낭군 없이 어찌 살까? 텅 빈 방에 가을밤은 길기도 해라. 시름과 그리운 마음으로 어이할까?

애고 애고 내 신세야, 모질구나, 모질구나. 도련님이 모지도다. 원수로다, 원수로다. 존비귀천(尊卑貴賤, 지위나 신분 따위의 높고 낮음과 귀하고 천함) 원수로다. 천하에 다정하고 유별난 것이 부부의 정이라는데, 이렇듯 독한 양반이 이 세상에 또 있을까? 애고 애고 내 일이야.

여보 도련님, 춘향 몸이 천하다고 함부로 버리셔도 그만인 줄로 아지 마오. 팔자 사나운 춘향이가 입이 써서 밥 못 먹고 잠 못 이뤄 잠 못 자면 며칠이나 살 것 같소? 상사로 병이 들어 애통해 죽게 되면 슬프고 원통한 이 혼신의 원귀가 될 것이니, 존중하신 도련님께 그건들 재앙이 아니겠어요? 사람의 대접을 그렇게 하지 마세요. 죽고 싶구나, 죽고 싶구나. 애고 애고, 서러워라."

한참을 이렇게 제풀에 지칠 때까지 슬피 울 때 춘향 어미는 영문 모르고 건너와서,

"아이고, 저것들이 또 사랑싸움이 났구나. 참 아니꼽다. 눈 구석에 쌍가랫톳 설 일(너무 분한 일을 당하여 눈에 독기가 서린다는 뜻)도 많이 보네."

하고 계속 듣고 있는데, 울음이 너무 길었다. 하던 일을 밀어넣고 춘향이 방 영창 밖으로 가만가만 들어가는데, 아무리 들어도 이별하는 것이었다.

"허허, 이것 큰일났다."

두 손뼉을 땅땅 마주치며,

"허허, 동네 사람들, 모두 들어보시오. 오늘로 우리 집에서 사람 둘이 죽습니다."

방과 방 사이 마루에 덥석 올라서 영창문을 두드리며 후다닥 달려들어 주먹을 겨누면서,

"이년 이년, 썩 죽어라. 살아서 쓸데없다. 너 죽은 몸뚱아리라도 저 양반이 지고 가게. 저 양반이 올라가면 누구 간장을 녹이려느냐? 이년 이년, 말 듣거라. 내 항상 이르기를 후회하게 되기 쉬운 법이다. 도도한 마음 먹지 말고 평범한 사람이라도 잘 골라서 형세나 지체가 너와 같고 재주와 인물도 모두 너와 같은 봉황의 짝을 얻어 내 앞에서 노는 모양을 내 눈으로 보았으면, 너도 좋고 나도 좋지. 마음이 도도하여 남과 유별하게 다르더니, 잘 되고 잘 되었다."

춘향 어미가 이도령 앞에 달려들었다.

"나와 말 좀 해봅시다. 내 딸 춘향을 버리고 간다 하니 내 딸이 무슨 죄를 지었기에 그러시오? 춘향이가 도련님 모신 것이 근 일 년 됐으니 행실이 그르던가, 예절이 그르던가, 바느질이 그르던가, 언어가 불순하던가, 잡스런 행실을 가져 창녀같이 음란하던가, 무엇이 그르던가? 이 봉변이 어쩐 일인가? 군자가 숙녀를 버리는 것은 칠거지악이 아니면 못 버리는 줄 모르시오? 내 딸 춘향이 어린 것을 밤낮으로 사랑할 때에는, 안고 서고 눕고 자며 백 년 삼만육천 일을 떨어져 살지 말자고 푸른 하늘에 맹세하더니 마지막에 가실 때에는 뚝 떼어버리시

니, 버들가지 많다 해도 가는 봄바람을 어찌 잡으며, 꽃 지고 잎 진 다음에 어떤 나비가 다시 올 것인가? 백옥 같은 내 딸 춘향이 꽃 같은 얼굴과 몸도 세월 가면 어쩔 수 없이 늙어 홍안이 백발될 것인데, 시간은 한 번 가면 다시 오지 않는 법이다. 다시 젊어지지는 못하느니, 무슨 죄가 그리도 중하여 남은 일생을 헛되이 보내리까. 도련님 가신 후에 내 딸 춘향이가 임을 그리워할 때, 달 밝은 한밤중에 첩첩이 쌓인 애달픈 마음에 어린 것이 서방님 생각이 저절로 나서 초당 앞 꽃섬돌 위에, 담배 피워 입에 물고 이리저리 다니다가 불꽃 같은 시름과 그리운 마음이 가슴속에 솟아나서, 손 들어 눈물 씻고 후유 한숨 길게 쉬고 북쪽 하늘 가리키며 '한양 계신 도련님도 나와 같이 그리워하실지, 무정해서 아주 잊고 편지 한 장도 안 하시는가.' 긴 한숨에 솟는 눈물은 얼굴과 치마를 다 적시고, 제 방으로 들어가서 옷가지도 안 벗고 외로운 베개 위에 벽만 안고 돌아누워 밤낮으로 긴 한숨 짓는 것이 병이 아니면 무엇이겠소? 시름과 그리움에 깊이 든 병을 내가 치료치 못해 원통하게 죽는다면, 칠십이 된 늙은 것이 딸 잃고 사위 잃고 태백산 갈가마귀 게발을 물어다가 던지듯이 혈혈단신(孑孑單身, 의지할 곳 없는 홀몸) 이내 몸이 누구를 믿고 살란 말이오? 남 못할 일 그리 마시오. 애고 애고, 서럽구나. 몇 사람 신세 망치려고 아니 데려가오? 도련님, 머리가 둘이라도 돈쳤소? 애고 무서워라. 이 쇳덩어리야."

하고 춘향 어미가 이도령에게 왈칵 뛰어서 달려드니, 이 말이 만일 사또 귀에 들어가면 큰 야단이 나겠다.

"여보 장모, 너무 그러지 말고 여기 앉아 내 말을 좀 들어보시오. 춘향만 데려가면 그만 아니오."

"그래, 아니 데려가고 견뎌낼까?"

"너무 몰아세우지 말고, 여기 앉아서 말 좀 들이시오. 춘향이를 데려간다고 해도 가마나 쌍교자, 말을 태워 가자 하니, 반드시 이 소문이 날 것인즉 이렇게는 할 수 없네. 내가 이렇게 기가 막히는 와중에서도 꾀 하나를 생각하고 있네마는, 이 말이 입 밖에 나서는 양반 망신만 하는 것이 아니라, 우리 선조 양반이 모두 망신당할 말일세."

"무슨 말이, 그렇게 좋은 말이 있단 말이오?"

"내일 행차가 나올 때 행차 뒤에 사당이 나올 터이니, 그 수행은 내가 한다네."

"그래서요?"

"그만하면 알겠지?"

"나는 그 말 모르겠소."

"내일 행차가 나올 때 신주(神主, 죽은 이의 위패) 모신 짐이 나올 터이니 신주는 모셔 내어 내 창옷(소창옷. 중치막 밑에 입던 웃옷의 한 가지. 두루마기와 같으나 소매가 좁음) 소매에다 모시고 춘향은 요여(腰輿, 장사 지낸 뒤에 혼백과 신주를 모시고 돌아오는 작은 상여)에 태워 갈 것이오. 걱정 말고 염려 마오."

춘향이 그 말을 듣고 이도령을 물끄러미 바라보더니 말하였다.

"그만하세요, 어머니. 도련님 너무 조르지 마세요. 우리 모녀의 평생 신세가 도련님 손 안에 매었으니, 알아서 하라고 부탁이나 하오. 이번엔 아무래도 이별할 수밖에 도리가 없네. 이왕에 이별이 될 바에는 가시는 도련님을 왜 조르겠냐마는, 당장 답답해서 그러는 것 아니오? 어머니, 그만 건넌방으로 가셔요."

"이왕 이별이 될 바에야 가시는 도련님께 왜 조르겠냐마는, 너무 갑갑해서 그러는 것이지. 내 팔자야."

하며 춘향 어미가 방을 나갔다.

"내일은 정말 이별인가 봐요. 애고 애고, 내 신세야. 이별을 어찌할까? 여보, 도련님!"

"왜 그러느냐?"

"정말 이별하는 건가요?"

촛불을 돋워 켜고 둘이 서로 마주 앉아 갈 일을 생각하고 보낼 일을 생각하니, 정신이 아득하고 한숨과 솟는 눈물을 참지 못하여 흐느껴 울며 얼굴도 대어보고 손발도 만져봤다.

"날 볼 날이 몇 밤이오? 애달프다. 이런 수작도 오늘 밤이 마지막이니, 내 서러운 정을 들어보시오. 육순이 다 된 내 어머니 일가친척 달리 없고, 다만 외동딸 나 하나예요. 도련님께 의탁하여 부귀를 누려볼까 바랐더니, 조물주가 시기하고 귀신이 방해하여 이 지경이 되었구나. 애고 애고, 내 일이야. 도련님 올라가면 나는 누구를 믿고 살까? 한없는 근심과 한 서린 나의 회포, 밤낮 생각나면 어찌할까? 배꽃, 복숭아꽃 만발할 때 물놀이는 어떻게 하며, 노란 국화와 단풍 익어갈 때 그 외로운 시절을 어찌 지낼까? 독수공방 긴긴 밤에 잠 못 이뤄 뒤척일 터이니, 쉬는 것은 한숨이고 뿌리는 것은 눈물이네. 적막한 강산 달 밝은 밤에 두견새 우는 소리를 어찌할까? 서리 내리고 찬 바람 부는 쓸쓸한 계절, 머나먼 만 리 변방에서 짝 찾는 저 기러기 소리는 누가 막으며, 춘하추동 사시사철에 첩첩이 쌓인 경치를 보는 것도 수심이요, 듣는 것도 수심이네. 애고 애고."

이렇듯 춘향이 서럽게 울 때 이도령이 하는 말이,

"춘향아, 울지 마라. 남편은 수자리 살 때 부인은 오나라에 있다고 하지 않았더냐? 수자리로 남편 보낸 오나라 부인네들도 동서로 임 그리워 규중 깊은 곳에서 늙으니, 남편 나간 싸움터는 얼마나 멀리 떨어졌겠느냐? 남편을 먼 변방의 군인으로 보내고 녹수부용 연뿌리 캐는 여인도, 부부 사랑 극진하다가 가을 달 적막한 강산에 연뿌리 캐며 그리움을 달래니, 내가 올라간 뒤라도 창가에 달 밝거든 내가 하루 열두 시간인들 어찌 마음 편하겠느냐? 울지 마라, 울지 마라."

춘향이 또 울면서 말하였다.

"도련님 올라가면 은행꽃 핀 봄바람 부는 거리거리 취하는 것이 좋은 술이요, 집집마다 보는 것이 아름다운 여인일 테요, 곳곳에서는 풍악 소리, 가는 곳마다 꽃 같고 달 같은 미인이 있겠지요. 여색을 좋아하시는 도련님이 밤낮을 가리지 않고 호강하고 노실 때에 나 같은 촌구석 천한 계집이야 손톱만큼이나 생각할 리 있겠습니까? 애고 애고, 내 일이야."

"춘향아, 울지 말아라. 한양성 남북촌에 옥 같은 여자와 아름다운 여자가 많건마는 규중 심처 깊은 정 너밖에 없었다. 내 아무리 대장부라 한들 잠시인들 잊을 수 있겠느냐?"

춘향이 이도령과의 이별을 슬퍼하다

두 사람이 서로 기가 막혀서 못 떠나고 있을 때에 도련님을 모시고 갈 후행 사령이 헐떡헐떡 들어왔다.

"도련님 어서 가십시다. 도련님 찾느라 야단났소. 사또께서 도련님 어디 갔느냐 하시기에 소인이 같이 놀던 친구와 작별하러 잠깐 나갔노라고 둘러댔으니, 어서어서 가세요."

"말은 대령하였느냐?"

"마침 말을 대령하였습니다."

'백마는 떠나자고 길게 울고 미인은 이별이 서러워 옷자락에 매달린다' 더니, 이도령이 불쑥 말 등에 올라타니 말은 가자고 네 굽을 탁탁 치는데 춘향이 다시 이도령의 다리를 부여잡았다. 버선발을 잡고,

"날 죽이고 가면 가지, 살리고는 못 갑니다. 못 갑니다."

하며 악을 쓰다가 말을 다 못하고 기절하였다. 이에 춘향 어미가 깜짝 놀라 급히 향단을 불렀다.

"향단아, 어서 찬물을 떠오너라. 차를 달이고 약을 갈아라. 이 몹쓸 년아, 늙은 어미 어쩌라고 몸을 이리 상하게 하느냐?"

춘향이 정신을 차려 가슴을 쳤다.

"애고, 갑갑하여라."

춘향 어미가 기가 막혔다.

"여보, 도련님. 남의 귀한 자식을 이 지경으로 만든단 말이오? 꼿꼿하고 깨끗한 우리 춘향이 애통하여 죽으면 혈혈단신 이내 신세 누굴

믿고 살라는 말이오."

이도령은 어이가 없었다.

"춘향아, 이게 웬일이냐? 나를 영영 안 보려느냐? '하수다리에 해 질 무렵 근심 구름 일어난다'(중국 한나라 무제의 신하 소무가 흉노에게 잡혀 흉노 여인과 결혼해 낳은 아들이 소통국인데, 19년 만에 소무가 귀향해 아들을 불러올 때 두 모자가 이별하는 슬픈 정경을 훗날 사람들이 노래한 것)는 소통국 모자의 이별, '먼 길 떠난 님 가신 길이 그 얼마인가?'는 오나라 월나라 여인들의 부부 이별, '모두 머리에 수유를 꽂았는데 형제 한 사람이 모자라는구나!'(중국 당나라 시인 왕유의 시 「억산동형제(憶山東兄弟)」의 한 구절)는 용산의 형제 이별, '서쪽 양관으로 나서면 벗이 없으리'(왕유의 시 「송원이사안서(送元二使安西)」의 한 구절)는 위성의 친구 이별, 세상에 이별이 많아도 소식을 들을 때가 있고 만날 때가 다 있느니라. 내가 올라가서 장원급제하여 너를 데려갈 것이니 울지 말고 잘 있거라. 너무 울면 눈도 붓고 목도 쉬고 골머리도 아프단다. 돌이라도 망부석은 천 년 만년 지나도 무덤돌이 될 줄 모르고, 나무라도 상사목은 창 밖에 우뚝 서서 한 해 봄이 다 지나도록 잎이 필 줄 모르고, 병이라도 마음의 병은 자나깨나 잊지 못하다가 죽느니라. 네가 나를 보려거든 서러워 말고 몸 간수 잘하거라."

춘향이 어쩔 수 없이 눈물을 거두며 향단을 불렀다. 이별에 술 한 잔이 없을 수 없는 것이다.

"여보 도련님, 내 손에 술이나 마지막으로 잡수시오. 요깃거리 없이 가실 것인데 내 찬합이나 가져다가 숙소에 머물 때 날 보는 듯이 잡수시오. 향단아, 찬합 술병 내오너라."

춘향이 술 한 잔을 가득 부어 눈물을 섞어 드리면서 말하였다.

"한양성 가시는 길에 강가에 늘어선 푸른 나무들을 제 작별의 서러움을 머금었으니 제 정을 생각하시오. 좋은 계절이 되어 가랑비가 흩날리거든 '길 가는 이 혼을 끊노라' 고 한 것처럼 말에 오른 채 지치시어 병이 날까 염려되오니 천금같이 귀하신 몸 조심하시오. 푸른 가로수 우거져 늘어선 길에 평안히 행차하시고 종종 편지나 해주세요."

이 말을 듣고 이도령이,

"소식은 걱정 마라. 요지의 서왕모도 주 목왕을 만나려고 하였을 때 한 쌍의 파랑새가 스스로 와 수천 리 먼 길의 소식을 전해주었고, 한무제 주랑장 소무는 기러기 다리에 편지 묶어 임금께 보냈는데, 흰 기러기, 파랑새는 없을 망정 남원 가는 사람이야 없겠느냐? 슬퍼하지 말고 잘 있거라."

하며 말을 타고 하직하니 춘향이가 기가 막혀 말하였다.

"우리 도련님 가네 가네 하여도 거짓말로 알았는데, 말 타고 돌아서니 참말로 가는구나!"

춘향이 마부를 불러,

"마부야, 내가 문 밖으로 나설 수가 없으니 말을 붙들어 잠깐만 지체하여 다오. 도련님께 한 말씀만 드리게."

춘향이 달려 나와,

"여보 도련님, 이제 가시면 언제 오시려오? 사계절 소식 끊어질 절(絕), 보내나니 아주 영원히 끊기는 영절(永絕), 푸른 대 푸른 솔, 백이 · 숙제의 만고 충절(忠節), 천산조비절(千山鳥飛絶, 중국 당나라 시인 유종원의 시 「강설(江雪)」의 한 구절로, '모든 산에 새가 날아 다니는 것조차 끊어졌네'란 뜻), 병들어 누우니 인사절, 대나무의 죽절, 소나무의 송절, 춘하추동 사시절, 끊어지니 단절, 토막나는 분절, 절조 깨뜨릴 훼절, 도련님은 날 버리고 박절하게 떠나시니 속절없는 내 정절, 독수공방으로 수절하는데 어느 때나 절개를 깨 파절(波絶)할까? 첩의 원통한 마음 슬퍼서 괴로운 고절, 밤낮으로 생각이 잊혀지지 않아 미절(未絶)하니, 부디 소식을 끊지 마세요."

대문 밖에 거꾸러져 곱디고운 두 손길로 땅을 꽝꽝 치며,

"애고 애고, 내 신세야."

'애고' 한 소리에 '누런 티끌 어지러이 흩어지며 바람은 쓸쓸한데, 깃발은 빛을 잃고 햇빛도 엷어지는구나!' (중국 당나라 시인 백거이의 시 「장한가(長恨歌)」의 한 구절) 엎어지며 자빠질 때 서운치 않게 떠날 양이면 몇 날 며칠의 이별이 될 줄 모르겠다. 이도령이 눈물을 흘리고 훗날을 약속하며 말을 재촉하여 가는 모습이 춘향에게는 마치 거센 바람에 몰려가는 한 조각 구름과 같았다.

이도령을 보내고 춘향이 어찌할 바를 모르다가 방으로 들어와서,

"향단아, 주렴 걷고 이불 깔고 문 닫아라. 이제 도련님을 생시에는 만나보기 어려우니 잠들면 꿈에서나 만나야겠구나. 예로부터 '꿈에 보이는 임은 믿을 수 없다 하건마는, 답답하게 그리워하는데 꿈 아니면 어이 보리' (기생 명옥의 시조 가운데 초장과 중장에 해당하는 부분) 하였단다."

하며 탄식하였다.

꿈아 꿈아, 너라도 오너라. 서러운 마음 겹겹이 한이 되어 꿈도 못 이루면 어찌할까? 애고 애고, 내 일이야.

사람의 모든 일 중에 이별이란 것을 당하고, 외로이 빈 방에서 혼자 자니 어이할까?

그리워도 보지 못하는 내 마음을 누가 있어 알아줄까?

미친 마음 이렁저렁, 흩어진 근심 걱정을 훌훌 다 털어버리고, 자나 누우나 먹으나 깨나 임 못 봐서 답답한 가슴, 어린 모습 눈에 삼삼, 고운 소리 귀에 쟁쟁, 보고 지고 보고 지고 임의 얼굴 보고 지고, 듣고 지고 듣고 지고 임의 소리 듣고 지고. 전생에 무슨 원수였길래 우리 둘이 생겨나서, 서로 그리워하는 마음 함께 만나 잊지 말자던 처음 맹세, 죽지 말고 한데 있어 백년가약 맺은 맹세, 천금주옥은 꿈 밖이요, 세상사 모든 일을 관계하리.

근원이 흘러 물이 되어 깊고 깊고 다시 깊고, 사랑 모여 산이 되어 높고 높고 다시 높아, 끊어질 줄 모르는데 무너질 줄 어찌 알았느냐?

귀신이 방해하고 하늘이 시기한 것이 분명하구나.

하루아침에 낭군을 이별하게 되었으니 어느 날에 다시 만나볼까?

천만 가지 근심과 원한이 가득하여 끝끝내 흐느끼는구나.

옥 같은 얼굴 구름 같은 머리 헛되이 늙어가니 해와 달이 무정하구나.

오동잎 지는 달 밝은 밤은 어찌 그리 더디 새며 녹음방초 기우는 곳에 해는 어찌 더디 가느냐?

그리워하는 이 마음 아시면 임도 나를 그리워하시련만, 독수공방 홀로 누워 한숨이 벗이 되고, 굽이굽이 간장이 썩어 솟아나는 것이 눈물이라.

눈물 모여 바다가 되고 한숨지어 청풍이 되면, 조각배 만들어 타고 한양 낭군 찾으련만 어찌 그리 못 보는가.

근심 어린 달 밝은 밤에 정성스레 빌고 나면 우리 낭군 느끼건만 분명한 꿈이로구나.

밤하늘에 달은 걸렸는데 소쩍새 울음소리는 임 계신 곳에 비춰련만, 마음속에 앉은 근심, 나 혼자뿐이로다.

밤빛이 어두운데 깜빡깜빡 비취는 건 창 밖의 반딧불이로다.

밤은 깊어 한밤중인데 앉았다 해도 님이 올까 누웠다 해도 잠이 올까?

임도 잠도 아니 온다. 이 일을 어찌하랴.

아마도 원수로다.

흥이 다하면 슬픔이 찾아오고 고생 끝에 낙(樂)이 온다는 말 예로부터 있건마는, 기다림도 적지 않고 그리움도 오래건만 애간장 마디마디 굽이 굽이 맺힌 한을 임이 오지 않으면 누가 풀까?

하늘이여 굽어살피시어 어서 보게 하옵소서.

다하지 못한 인정 다시 만나 백발이 다하도록 이별 없이 살고 싶구나.

묻노라, 푸른 강 푸른 산아!

우리 임 초췌한 꼴 갑자기 이별한 후 소식조차 끊어졌구나.

사람이 나무나 돌이 아닌데 임도 응당 느끼리라.

애고 애고 내 신세야.

춘향은 이렇듯 하늘을 우러러 탄식하며 세월을 보냈다.

이때 도련님은 서울 올라갈 때 숙소마다 잠 못 이루었다.

"보고 지고, 내 사랑 보고 지고. 낮이나 밤이나 잊지 못하는 우리 사랑, 날 보내고 그린 마음 속히 만나 풀리라."

날이 가고 달이 감에 따라 더 그리워지는 임, 이도령은 마음을 굳게 먹고 빨리 과거에 급제하여 지방으로 벼슬살이 나가기를 바라고 있었다.

남원 사또가 된 변학도가 기생 점고를 받다

이때 몇 달 만에 신관 사또가 임명되었다. 한양 자하문 변학도(卞學徒)라는 양반이 오는데, 문필도 글도 제법 잘하고 풍채도 있고, 풍류도 즐기는 성품이어서 안팎으로 속이 넉넉하였다. 다만 한 가지 흠이 있다면 성질이 괴팍한 가운데 때때로 미친 듯이 날뛰는 증세를 겸하니, 때로는 덕을 잃고 때로는 판결을 잘 못하는 일이 간간이 있으므로, 세상에서 아는 사람은 모두 고집불통이라고 불렀다.

새 사또를 맞이하기 위해 아전(衙前, 조선 시대, 지방 관아에서 일하던 하급 관리)들이 그 집에 찾아가 인사하는데, 사령들이 인사하고, 이방, 음식상을 감독하는 아전(감상(監床). 귀한 손님에게 올릴 음식상을 미리 살펴봄), 행차 때 뒤따르는 아전들이 인사를 하였다.

"이방을 불러라."

"이방입니다."

"그 사이 너희 고을에 별일이 없느냐?"

"예, 아직 별일 없습니다."

"너희 고을 관가 기생들이 남부 지방에선 제일이라지?"

"예, 부릴 만하옵니다."

"또 이곳의 춘향이란 계집이 매우 아름다운 계집이라지?"

"예."

"잘 지내냐?"

"잘 지내고 있습니다."

"남원이 여기서 몇 리인가?"

"육백삼십 리입니다."

"마음이 급하니 빨리 행차를 준비해라."

아전들은 물러나와,

"우리 고을에 일이 났구나."

이때 새로 부임하는 사또 행차하는 날을 급히 받아서 임지를 돌아보면서 내려오는데, 그 위세가 대단하였다. 구름 같은 가마 별연 · 독교는 좌우 뒤쪽에 가마채를 떡 벌리고 있고, 좌우에 뒤따르는 종들은 진한 색 모시로 만든 무관의 관복에 하얀 모시 띠를 늘여서 엇비스듬히 눌러 매고, 대모거북의 껍질로 만든 망건줄 고리에 통영갓을 이마에 눌러 쓰고 가마채 줄을 겹쳐 잡고,

"여봐라, 물러서라! 나가거라!"

잡인들을 엄히 다스려 접근치 못하게 하고, 좌우의 말구종(마부)은 고삐의 뒤채를 잡고 힘을 쓰고 있었다. 통인 한 쌍이 손에는 채찍을 들고 머리에는 전립을 쓴 채 행차 뒤를 따르고 있고, 뒤따르는 아전 · 감상 · 공방이며 사또를 맞으러 갔던 이방 등이 눈에 힘준 모습은 위엄이 있어 보였다. 포졸 한 쌍과 사령 한 쌍이 햇빛을 가리는 일산을 받쳐들고 앞뒤로 호위하여 큰 길가로 갈라 섰고, 흰 누에고치에서 뽑아낸 실로 만든 비단 일산 한복판에는 남색 비단으로 가선으로 둘러서 주석 고리가 어른어른 호기롭게 내려오고 있었다. 앞뒤에서 사람 쫓는 소리 푸른 산에 메아리져 되돌아오고, 행차할 때에 가늘고 길게 뽑아 부르는 권마성(勸馬聲, 높은 사람이 행차할 때에 시종하는 사람이 행차의

위엄을 더하기 위해 가늘고 길게 부르는 소리)의 높은 소리에 흰 구름이 출렁거린다.

전주에 도착하자마자 경기전(慶基殿, 전주에 있는 전각으로 조선 태조의 영정이 모셔져 있음)의 객사(客舍, 왕명을 받고 고을로 내려온 벼슬아치들이 묵을 수 있도록 해놓은 집)로 가서 궐패(闕牌, 각 고을 관아의 객사에 모셔놓은 '궐(闕)' 자를 새긴 나무 패를 가리킴)에 알리는 연명(延命, 감사나 수령이 부임할 때에 궐패 앞에서 왕명을 전달하는 의식)의 절차를 행하고 영문에 잠깐 들른 후, 좁은 골목을 빨리 지나가 만마관 노구바위 넘어, 임실을 얼른 지나서 점심을 먹고 그날로 도임할 때에 오리정으로 들어갔다.

천총(千摠, 조선 시대 훈련도감, 금위영, 어영청, 총융청, 진무영 등에 속하였던 정삼품의 장관직)이 지휘하고 육방(六方, 조선 시대 지방 관청의 이방, 호방, 예방, 병방, 형방, 공방을 통틀어 일컬음)의 하인이 파란 돌이 깔린 길로 들어올 때, 푸른 청도(淸道, 군기) 깃발 한 쌍, 붉은 홍문 깃발 한 쌍, 주작이 그려진 남동 · 남서 방향의 붉은 비단 깃발 한 쌍, 청룡이 그려진 동남 · 서남 방향이 푸른 비단 깃발 한 쌍, 현무가 그려진 북동 · 북서 방향 검은 비단 깃발 한 쌍, 등사기를 관장하는 사람 한 쌍, 집사 한 쌍, 군대 깃발을 관장하는 기패관(旗牌官, 조선 시대 훈련도감 등의 각 군영에 속하는 품외의 하급사관의 하나. 군기에 관한 일을 맡음) 한 쌍, 감옥을 지키는 군관 열두 쌍 등등 좌우가 요란하였다. 행군할 때 풍악 소리는 성 동쪽을 진동하고, 삼현육각(三絃六角, 거문고 · 가야금 · 비파의 세 가지 현악기와 북 · 장구 · 해금 · 대평소 한 쌍과 피리 등 여섯 개의 관 · 타악기를 가리킴. 지방 관아의 악대를 이르는 말)을 울리며 말 부리는 소리는 그 일대를 떠들썩하게 만들었다.

광한루에 도착하여 관복으로 갈아입고 부임 의식을 행하기 위해 뚜껑 없이 의자처럼 생긴 가마를 타고 객사에 들어갈 때, 백성의 눈에 엄숙하게 보이려고 작은 눈을 크게 뜨고 무섭게 부라렸다. 객사에 들어가 왕명을 받드는 부임 의식을 치르고 동헌(東軒, 지방 고을의 사또가 관청의 공적인 업무를 처리하던 집)에 나아가 부임을 축하하는 잔칫상을 받아서 먹은 후였다.

"행수 문안이오."

행수 군관의 인사를 받고 육방 관속의 인사를 받은 뒤 사또가 분부를 내렸다.

"수노(首奴, 관아에 소속된 노비 가운데 우두머리) 불러서 기생을 점고(點考, 명단에 하나하나 점을 찍어 가며 사람의 숫자를 세는 일)하여라."

호장(戶長, 고을 아전의 맨 윗자리, 또는 그 사람)이 분부를 듣고, 기생들의 이름이 적힌 책을 들고 들어와 차례로 이름을 부르는데, 낱낱이 풀어서 운치있게 부르는 것이었다.

"비 온 뒤 동쪽 산에 떠오른 명월(明月)이."

명월이가 들어오는데, 얇은 비단으로 만든 치맛자락을 살짝 걷어서 버들가지 같은 허리와 가슴 부근에 딱 붙이고 아장아장 들어오더니,

"점고를 맞아 나왔습니다."

"'고기잡이배가 물길을 따르며 사랑하는 봄 산'(중국 당나라 왕유의 시 「도원행(桃源行)」 중에서 '어주축수애산춘(漁舟逐水愛山春)'이라는 구절) 양쪽의 봄빛이 아니냐? 도홍(桃紅)이."

도홍이가 들어오는데, 붉은 치맛자락을 걷어 안고 아장아장 조촘거리는 걸음으로 들어오더니,

"점고를 맞아 나왔습니다."

"단산의 봉황이 짝을 잃고 벽오동에 깃드니 산수의 신령함이요 날짐승의 정기라. '굶주려도 좁쌀을 먹지 않는' (중국 당나라 이백의 시 「고풍상(古風上)」에서 '기불탁속(豈不啄粟)' 이라는 구절) 굳은 절개 채봉이."

채봉이가 들어오는데, 얇은 비단치마 두른 허리를 맵시있게 걷어 안고 부드러운 걸음을 바르게 옮겨 아장아장 걸어 들어와,

"점고를 맞고 사또 앞에 나왔습니다."

"맑고 깨끗한 연꽃에서 절개를 묻노라. 어여쁘고 고운 태도는 꽃 중의 군자로다. 연심(蓮心)이."

연심이가 들어오는데, 얇은 비단치마를 걷고 안고 비단 버선과 수놓인 예쁜 꽃신을 끌면서 아장아장 걸어 가만가만 들어오더니,

"사또 앞에 나왔습니다."

"화씨의 구슬같이 밝은 달, 푸른 바다 위에 떠오르니, 형산의 백옥같은 명옥(明玉)이."

명옥이가 들어오는데, 마름과 연꽃 무늬가 있는 치마를 입고 고운 태도로, 들어오는 걸음은 단정한데 아장아장 걸으며 가만가만 들어오더니,

"점고를 맞이하여 사또 앞에 나왔습니다."

"'구름은 엷고 바람은 가벼우니 한낮에 가까운데' (중국 송나라 유학자 정호의 시 「춘일우성(春日偶成)」에서 '운담풍경근오천(雲淡風輕近午天)' 이라는 구

절) 버들가지에 앉은 한 마리 꾀꼬리 앵앵(鶯鶯)이."

앵앵이가 들어오는데, 붉은 치맛자락을 후려쳐서 가는 허리 가슴 부근에 딱 붙이고, 아장아장 걸으며 가만가만 들어오더니,

"점고를 맞이하여 사또 앞에 나왔습니다."

사또가 분부하였다.

"빨리 불러라."

"예."

호장이 분부 듣고, 넉 자 화두로 짧게 부르는데,

"광한전 높은 집에 복숭아 바치던 고운 선녀 계향(桂香)이."

"예, 대령하였소."

"'소나무 아래 아이야, 묻노라 선생 소식', 첩첩이 쌓인 푸른 산의 운심(雲心)이."

"예, 대령하였소."

"달나라 높이 올라 계수나무 꺾으니 애절(哀折)이."

"예, 대령하였소."

"묻노라, 술집이 어디쯤일까? 목동이 멀리 손 들어 가리키는 곳에 행화(杏花)."

"예, 대령하였소."

"아미산(峨嵋山, 중국 사천성에 있는 산. 두 봉우리가 미인의 초승달 같은 양쪽 눈썹과 비슷하다고 해서 붙은 이름)에 떠오른 달이 반쯤만 산마루에 걸친 가을, 달 그림자는 강물에 흐르는구나. 강선(江仙)이."

"예, 대령하였소."

"오동나무 덮은 판으로 거문고 타고 나니 탄금(彈琴)이."

"예, 대령하였소."

"팔월 연꽃 군자 모습 연못 가득한 가을 물 속의 홍련(紅蓮)이."

"예, 대령하였소."

"주홍색 당팔사로 갖은 매듭 차고 나서니 금낭(錦囊)이."

"예, 대령하였소."

사또 못 참고 또 분부를 내렸다.

"한숨에 열두서넛씩 불러라."

호장이 분부 듣고 자주 부르는데,

"양대선, 월중선, 화중선이."

"예, 대령하였소."

"금선이, 금옥이, 금련이!"

"예, 대령하였소."

"농옥이, 난옥이, 홍옥이!"

"예, 대령하였소."

"바람 맞은 낙춘이."

"점고를 맞이하여 나왔습니다."

낙춘이가 들어오는데, 제 딴에는 잔뜩 맵시있게 들어오는 체하고 들어오는데, 면도하는 말을 듣고 이마에서 시작하여 귀 뒤까지 파젖히고 분으로 단장한다는 말은 들었는지, 질 낮은 분 석 냥 일곱 돈어치를 무더기로 사다가 성벽을 쌓을 때와 같이 회칠하듯 반죽하여 온 낯에다 잔뜩 칠하고 들어오는데, 키는 사근내 장승(보기 흉하게 키가 큰 사람. 경기도 과천과 수원 사이에 있는 사근내라는 곳에 세워진 장승의 모양에 빗대어 나타낸 말)만 한 여자가 치맛자락을 휠씬 치켜다가 턱 밑에 딱 붙이고, 무논(물 고인 논)에 고니걸음으로 찔룩 껑충껑충 엉금 섭적 들어와 점고를 마치고 말하였다.

"처음 뵙습니다."

아름답고 고운 기생이 그중에는 많았지만, 사또께서는 춘향의 말을 높이 들었는지라 아무리 들어도 춘향의 이름이 없는 것이었다. 사또가 수노를 불러서 물었다.

"기생 점고가 다 끝나도록 춘향은 안 부르니, 그 아이는 퇴기(退妓, 기생의 자리를 물러남)란 말이냐?"

수노가 대답하였다.

"춘향 어미는 기생이나 춘향은 기생이 아닙니다."

이에 사또가 물었다.

"춘향이가 기생이 아니면, 어찌 규방에 있는 처녀의 이름이 높이 알려졌느냐?"

수노가 말하였다.

"근본은 기생의 딸이지만 덕과 미모가 뛰어나므로, 권력 있는 집안 양반네들과 재주 뛰어난 선비 · 한량들과 내려오신 사또마다 만나보려고 간청하였지만, 춘향이 모녀가 허락하지 않았습니다. 양반의 상하는 물론이고 허물없는 사이인 소인들도 십 년에 한 번 볼까 말까 간간이 얼굴을 대하지만 말장난 따위는 없었는데, 하늘이 정해주신 인연이 있었던지, 지난번 구관 사또의 자제 이도령과 백년가약 맺고 도련님 가실 때에 과거에 급제하면 데려간다 하였기에, 춘향이도 그리 알고 수절하고 있습니다."

사또는 화를 냈다.

"이놈, 무식한 상놈. 그게 어떤 양반이라고, 엄한 부모 밑에 살면서 장가 전에 데리고 놀던 계집을 데려가겠느냐? 이놈, 다시 그런 말을 입 밖에 냈다가는 죄를 면치 못하리라. 내가 저 하나를 보려다가 못 보고 그냥 가랴. 잔말 말고 불러오너라."

춘향을 부르라는 관청의 명령이 내리자 누구도 선뜻 나서지 않았다. 그러다가 이방과 호방이 머뭇거리다가 물었다.

"춘향이가 기생이 아닐 뿐 아니라, 전임 사또 자제 도련님과 맺은 맹세가 무겁습니다. 나이 차이도 많이 나는데 함께 어울리시려고 부르신다는 것은, 사또님 체모가 손상될까 걱정됩니다."

사또는 크게 화를 내며 소리쳤다.

"만일 춘향을 데려오는 시각을 지체하다가는 이방 · 형방들 이하 각 청 두목들을 모두 파면할 것이니 빨리 대령시키지 못할까?"

육방이 소동을 일으키고 각 청 두목이 넋을 잃었다.

"김번수(番首, 차례로 숙직 · 당직을 하는 사령)야, 이번수야, 이런 큰일이 또 있느냐? 불쌍하다, 춘향이의 정절이 가련하게 되기 쉽다. 사또님의 분부가 지엄하니 어서 가자, 바삐 가자."

사령과 군졸이 뒤섞여서 춘향 집 문 앞에 도착하였다.

변학도가 춘향에게 반하여 수청을 강요하다

이때 춘향이 사령이 오는지 군졸이 오는지 모르고, 밤낮으로 도련님만 생각하여 우는데, 생각지 못할 우환을 당하려 하니 소리가 화평할 수 있겠는가? 한때나마 빈방살이(독수공방) 할 계집아이라, 목소리에 청승이 끼어 자연히 슬픈 애원성이 되는구나. 보고 듣는 사람의 심장인들 아니 상할 것인가? 임 그리워 서러운 마음은 입맛 없어 밥 못 먹고, 누워도 편하지 않아 잠 못 자고 도련님 생각으로 상처가 쌓여 살가죽과 뼈가 모두 다 달라붙었구나. 양기가 크게 상하여 진양조(進陽調, 판소리 · 산조 등에 쓰이는 느린 장단)라는 울음이 되었는데,

"갈까 보다 갈까 보다. 님을 따라 갈까 보다. 천 리라도 갈까 보다. 만 리라도 갈까 보다. 바람도 쉬어 넘고 수진이 날진이(길들인 매와 길들이지 않은 매) 해동청 보라매도 쉬어 넘는 높은 고개 동선령 고개라도 임이 와 날 찾으면 신발 벗어 손에 들고 아니 쉬고 달려가리. 한양 계신 우리 낭군은 나와 같이 그리워할까? 무정하여 아주 잊고 내 사랑 옮겨다가 다른 임을 사랑하는가?"

이렇게 한참을 서럽게 울 때 사령 등이 춘향의 슬픈 목소리를 들으니, 나무와 돌이라도 어찌 감동을 받지 않겠는가? 봄눈 녹듯 온몸에 맥이 탁 풀렸다.

"참으로 불쌍하다. 바람피우는 자식들이 저런 계집을 우러러보지 않는다면 사람도 아니로다."

그러나 사또의 명령이 지엄하니 어찌할 도리가 없었다. 이때 재촉

하는 사령이 나서면서,

"이리 오너라!"

외치는 소리에 춘향이 깜짝 놀라 문틈으로 내다보니, 사령과 포졸들이 나와 있었다.

"아차, 잊었구나. 오늘이 그 새로 오신 사또가 삼 일 동안 점고하는 날이라고 하더니, 무슨 야단이 일어났나 보구나."

밀창의 문을 열어젖히며,

"허허, 번수님네들 이리 들어오십시오. 이렇게 오시니 뜻밖이네. 이번 새 사또 맞이하는 길에 고달퍼 병이라도 안 나셨습니까? 사또 풍채는 어떠하며, 이전 사또 댁에 가보셨으면 도련님께서 편지 한 장이라도 안 하던가요? 내가 전에는 양반을 모시기로 남의 귀와 눈이 번거롭고 도련님 신분이 유별나서 모르는 체하였지만, 마음조차 없었겠소? 들어갑시다. 들어갑시다."

김번수며 이번수며 여러 번수들의 손을 잡고 제 방에 앉힌 후에, 향단을 불러

"술상을 들여라."

하여, 취하도록 먹인 후에 돈궤를 열고 돈 닷 냥을 내놓았다.

"여러 번수님네, 가시다가 술이나 잡숫고 가시오. 뒷일이 없게 해주십시오."

돈 받아 차고 흔들흔들 들어갈 때, 관가 기생 중 우두머리인 행수기생이 나와, 두 손 딱딱 마주치며 말하였다.

"여봐라 춘향아, 내 말 듣거라. 너만 한 정절은 나도 있고 너만 한

수절은 나도 있다. 너만 한 정절이 왜 없으며 너만 한 수절이 왜 없겠느냐? 정절부인 아가씨, 수절부인 아가씨, 조그마한 너 하나로 말미암아 육방 소동하고 각 청 두목이 다 죽어간다. 어서 가자, 바삐 가자."

춘향이 할 수 없어 수절하던 그 태도로 대문 밖에 썩 나서며 말한다.

"형님, 형님, 행수 형님, 사람 괄시 그리 마소. 그대라고 대대로 행수며 나라고 대대로 춘향인가. 인생 한 번 죽으면 그만이지. 한 번 죽지 두 번 죽나."

이리 비틀 저리 비틀 동헌으로 들어간다.

"춘향 대령하였소."

사또가 보시고 크게 기뻐하며,

"춘향이가 분명하구나. 마루 위로 올라오너라."

춘향이 윗방으로 올라가 단정하게 무릎을 여미고 앉았을 뿐이었다.

사또는 크게 반기며,

"책방에 가서 회계 나리 오라고 해라."

하니, 회계 생원이 들어왔다. 그러자 사또가 크게 웃으며 서둘러 한마디 던졌다.

"어이, 자네 보게. 저게 춘향일세."

"하! 그년 매우 예쁜데요. 잘생겼소. 사또께서 한양 계실 때부터 춘향, 춘향 하시더니 구경 한 번 할 만합니다요."

"자네가 중매하겠나?"

사또가 농담처럼 던지는 말에 잠시 어리둥절하던 회계 생원은 사또의 뜻을 알아차리고 느릿느릿 대답하였다.

"사또께서 애초에 매파를 보내 보시는 것이 옳은 일이었겠어요. 일이 좀 절차에 어긋나기는 하였으나, 이미 이렇게 불렀으니 이제는 혼례를 치를 수밖에 없겠습니다."

사또는 싱글벙글하며 춘향에게 분부를 내렸다.

"오늘부터 몸단장을 깨끗이 하고 수청을 들거라."

"사또님 분부 황송하오나, 일부종사(一夫從事, 한 남편만 섬김)를 바라오니 분부를 따르지 못하겠소."

사또가 웃으며 말하였다.

"아름답고 아리따운 계집이로구나. 네가 진정 열녀로다. 네 정절 굳은 마음 어찌 그리 어여쁘냐? 당연한 말이다. 그러나 이수재(이도령)는 한양 사대부의 자제로서 명문 귀족의 사위가 되었으니, 한때 사랑으로 잠깐 희롱하던 너를 조금이라도 생각하겠느냐? 너 혼자 평생을 수절하다가, 고운 얼굴이 늙어지고 백발이 드리우면 불쌍하고 가련한 게 아니겠느냐. 네 아무리 수절한들 누가 너를 열녀라 칭찬하겠느냐. 수절 열녀 모두 버려두고 네 고을 관장에게 매이는 것이 옳으냐, 어린놈에게 매이는 것이 옳으냐? 네가 하는 말을 좀 들어보자."

춘향이 말하였다.

"충신은 두 임금을 섬기지 아니하며, 열녀는 두 지아비를 섬기지 않고 절개를 지킨다 함을 본받고자 하는데, 여러 차례 분부가 이러하오니 사는 것이 죽는 것보다 못합니다. 정절이 있는 여자는 두 남편을 섬기지 못하오니 처분대로 하시오."

이때 옆에서 듣고 있던 회계 생원이 사또를 거들며 말하였다.

“여봐라. 어, 그년 참 요망한 년이로구나. 하루살이 같은 인생, 좁은 세상에 한 번 왔다 가는 미모인데, 네가 여러 번이나 사양할 게 뭐 있느냐? 사또께서 너를 사랑하여 하시는 말씀인데, 너 같은 천한 기생이 수절이 무엇이며 정절이 무엇이냐? 구관 사또를 보내고 신관 사또를 맞이하면서 기생이 모시는 것은 법전에도 나와 있으니, 쓸데없는 소리 말아라. 너같이 천한 기생이 ‘충렬(忠烈)’ 두 글자를 왜 따지느냐?”

이때 춘향이가 하도 기가 막혀 천연스럽게 앉아 따지고 들었다.

“충효열녀에 위아래가 어디 있소? 자세히 들어보시오. 기생 말 나왔으니 기생으로 말합시다. 충효열녀 없다고 하니 낱낱이 말하겠습니다. 황해도 기생 농선이는 님을 기다리다 동선령에서 얼어죽었고, 선천 기생은 아니지만 갈 곳 몰라 헤매던 어린 도령 돌보느라 칠거지악(七去之惡, 유교적 관념에서 이르던 아내를 버릴 수 있는 이유가 되는 일곱 가지 경우. ‘시부모에게 불순한 경우, 자식을 낳지 못하는 경우, 음탕한 경우, 질투하는 경우, 나쁜 병이 있는 경우, 말이 많은 경우, 도둑질한 경우’를 이름)에 들어 있고, 진주 기생 논개는 우리 나라의 충렬이라 충렬문에 모셔놓고 봄가을로 제사를 올리고 있고, 청주 기생 화월이는 삼층 누각에 올라 있고, 평양 기생 월선이도 충렬문에 들어 있고, 안동 기생 일지홍은 살아서 열녀문을 받은 후에 정경부인에 올랐으니, 기생이라고 업신여기지 마십시오.”

춘향이 회계 생원에게 쏘아붙인 후 말이 난 김에 사또에게도 한 마디 하였다.

“처음에 이도령 만날 때 지닌 태산같이 굳은 마음, 소첩의 한 마음 정절은 전국 시대 이름난 장수인 맹분 같은 용맹으로도 못 빼앗을 것이고, 유명한 정치가인 소진과 장의의 말솜씨인들 첩의 마음 바꾸지 못할 것이며, 제갈공명 높은 재주는 동남풍을 불게 할 수 있겠지만 일편단심 소녀의 마음은 굴복시키지 못할 것입니다. 기산의 허유는 요임금이 왕위를 물려주는 것도 거절하였고, 서산의 백이와 숙제는 주나라의 곡식을 먹지 않았으니, 만일 허유가 없었다면 숨어서 사는 선비는 누가 할 것이며, 만일 백이 · 숙제가 없었다면 나라의 정치를 어지럽히고 임금을 죽이는 신하가 많지 않았겠습니까? 제가 비록 천한 계집이오나 어찌 허유와 백이 · 숙제를 모르겠습니까? 어떤 사람의 첩이 되어 지아비를 배반하고 가정을 버리는 것은 벼슬하는 사또에게 나라를 버리고 임금을 배신하는 것과 같으니, 법도대로 하십시오."

사또는 화가 치밀어 올라,

"네 이년 들어라. 모반하여 역적질하는 죄는 능지처참(陵遲處斬, 지난날 대역 죄인에게 내리던 극형. 머리 · 몸 · 손 · 팔다리를 도막내어 죽임)하게 되어 있고, 관장을 조롱하는 죄는 기시율(棄市律, 죄인의 시체를 적지에 버리는 중국의 형벌)에 처한다고 써 있으며, 관장의 명을 거역한 죄는 엄한 형벌을 내리고 귀양을 보내게 되어 있다. 죽는다고 서러워 말아라!"

춘향이 악을 쓰며,

"유부녀를 겁탈하는 것은 죄가 아니고 무엇이오?"

하자, 사또가 기가 막히고 어찌나 분하여 앞에 놓인 책상을 두드리는데, 탕건이 벗어지고 상투 고가 탁 풀리고 첫마디에 목이 쉬어,

"이년을 잡아내려라!"

하고 호령하니, 골방의 수청 통인이 달려들어 춘향의 머리채를 잡아 끌어내렸다.

"급창!"

"예."

"이년을 잡아 넣어라!"

춘향이 뿌리치며 악을 썼다.

"놓아라."

가운데 계단으로 내려가니, 급창이 달려들었다.

"요년 요년, 어떤 자리라고 대답이 그러하냐? 그러고도 살기를 바라느냐?"

동헌 뜰 아래 내려치니 사나운 호랑이 같은 포졸 사령들이 벌떼같이 달려들어 춘향의 머리채를 어린 시절 연줄을 감듯, 뱃사공이 닻줄을 감듯, 사월초파일에 등불줄을 감듯, 휘휘 칭칭 감아쥐고서 동댕이쳐 엎어뜨렸다. 불쌍한 것은 춘향의 신세로, 백옥 같은 고운 몸이 여섯 육자 모양으로 엎어졌다.

춘향이 모질게 매를 맞다

좌우에 나졸들이 늘어서서 야경(夜警, 밤에 동네를 돌며 화재나 범죄 등이 일어나지 않도록 살핌) 돌 때 쓰는 능장, 볼기를 치는 곤장, 심문할 때 쓰는 형장이며 주릿대를 쓰는 주장을 집어들고,

"아뢰라! 형리(刑吏, 죄인들에 대해 형을 집행하던 관리)를 대령하라."

"머리 숙여라!"

사또는 어찌나 분이 났던지, 벌벌 떨며 기가 막혀 '허푸 허푸' 하였다.

"여봐라! 그년에게 무슨 다짐이 필요하겠느냐. 더 물을 것도 없이 당장 형틀에 매고 정강이(아랫다리 앞쪽의 뼈가 있는 부분)를 부수고 물고장(物故狀, 죄인 죽인 것을 보고하는 글)을 올려라!"

춘향을 형틀에 올려 매고 형장이며 태장이며 곤장이며 한아름 담뿍 담아다가 형틀 아래 좌르륵 부딪치는 소리에 춘향의 정신이 어지러워졌다.

매를 때리는 집장 사령의 모습을 볼 것 같으면, 이 몽둥이를 잡고 능청능청, 저 몽둥이를 잡고 능청능청, 그중 등심 좋고 빳빳하고 잘 부러지는 몽둥이로 골라잡고 오른쪽 어깨를 벗어 매고 명령을 기다리고 섰다.

"분부를 받아라! 네가 그년 사정을 봐주며 살살 때린다면 당장에 목숨이 끊어질 것이니, 특별히 신경써서 매우 쳐라."

형리가 사또의 말을 받아 명령을 내렸다.

"사또의 분부 들었으냐? 그년 사정을 봐준다고 거짓으로 때렸다가는 당장 네 목을 거둘 것이니 각별히 매우 쳐라."

집장 사령이 물었다.

"사또님의 분부가 지엄한데 저런 년에게 무슨 사정을 두겠습니까? 이년 다리를 까딱하지 말아라. 만일 움직였다가는 뼈가 부러질 것이다."

이렇게 호통을 치고 다가서서 하나요 둘이요 외치는 소리에 맞추어 집장 사령은 작은 소리로 말을 흘렸다.

"한두 대만 견디소. 어쩔 수가 없네. 요 다리는 요리 틀고 저 다리는 저리 트소."

"매우 쳐라!"

"예잇, 때리오."

딱 붙어서 부러진 형장 조각은 푸르륵 날아 공중에 빙빙 솟아 윗방 댓돌 아래 떨어지고, 춘향이는 아무쪼록 아픔을 참으려고 이를 뽀드득뽀드득 갈며 고개를 이리저리 돌리면서,

"애고, 이게 웬일이냐!"

곤장, 태장을 치는 데는 사령이 서서 하나 둘 세건마는 형장부터는 법이 정한 매질이라 형리와 통인이 닭싸움하는 모양을 마주 엎드려서, 하나 치면 하나 긋고, 둘 치면 둘 긋고, 무식하고 돈 없는 놈이 술집 바람벽에 술값 긋듯 그어놓으니 한 일(一)자가 되었다. 춘향이는 저절로 설움에 겨워 맞으면서 울었다.

"일편단심 굳은 마음은 일부종사의 뜻이오니, 한낱 매를 치신다고 일 년이 다 못 가서 조금만큼이라도 내 마음 변하겠습니까?"

이때 남원의 남녀노소들이 소문을 듣고 모여들어 그 광경을 구경하였다. 좌우의 한량들이 한결같이 입을 모았다.

"모질구나, 참으로 모질어. 우리 고을 원님이 모질구나. 저런 형벌이 왜 있으며 저런 매질이 왜 있는가? 저 집장 사령놈 낯짝이나 잘 봐두자. 관아 문 밖으로 나오면 당장에 죽이리라."

보고 듣는 사람이야 누가 눈물을 흘리지 않겠는가.

'딱' 소리를 내며 두 번째 매를 쳤다.

"두 남편 섬기지 않는 정절을 내가 아는데, 불경이부(不敬二夫, 두 지아비를 공경하지 않음)의 이내 마음, 이 매를 맞고 아주 죽어도 이도령 못 잊겠소."

세 번째 매를 쳤다.

"삼종지례(三從地禮, 봉건 시대의 여자의 도리. 어려서는 아버지를, 시집가서는 남편을, 남편 죽은 후에는 아들을 좇음을 이름) 무거운 법과 삼강(三綱, 군위신강(君爲臣綱) · 부위자강(父爲子綱) · 부위부강(夫爲婦綱)을 말하며 이것은 글자 그대로 임금과 신하, 어버이와 자식, 남편과 아내 사이에 마땅히 지켜야 할 도리를 뜻함) 오륜(五倫, 다섯 가지 인륜, 군신의 의(義), 부자의 친(親), 부부의 별(別), 장유의 서(序), 붕우의 신(信)) 알았으니 세 가지 형벌을 받고 귀양을 갈지라도 삼청동에 계시는 우리 낭군 이도령은 못 잊겠소."

네 번째 매를 쳤다.

"사대부이신 사또님은 사농공상(士農工商) 백성들 위하지 않고 위세로 다스리려 하시니 사십팔방의 남원 백성 원망함을 모르십니까? 사지를 자른대도 죽으나 사나 함께 있기로 하였던 우리 낭군, 죽으나 사나 못 잊겠소."

다섯 번째 매를 쳤다.

"오륜(五倫)의 윤리와 기강은 그치지 않고, 부부유별(夫婦有別, 부부 사이에 서로 침범치 못할 인륜의 구별이 있음) 오행(五行, 우주 간에 운행하는 금, 목, 수, 화, 토의 다섯 원기)으로 맺은 연분, 올올이 찢어내도 오매불망(寤寐不

忘, 자나깨나 잊지 못함) 우리 낭군 온전히 생각나네. 오동추야(梧桐秋夜, 오동잎 지는 가을밤) 밝은 달은 임 계신 데 보련마는, 오늘이나 편지 올까, 내일이나 편지 올까. 죄 없는 이 내 몸이 흉하게 죽을 이유가 없으니, 잘못 판결하여 죄인을 만들지 마십시오. 애고, 내 신세야."

여섯 번째 매를 쳤다.

"육육은 삼십육으로 낱낱이 고찰하여 육만 번 죽인데도, 육천 마디 얽힌 사랑 맺힌 마음 변할 수 전혀 없소."

일곱 번째 매를 쳤다.

"칠거지악 범하였소? 칠거지악이 아니면 일곱 가지 형벌이 웬일이오? 칠척검(七尺劍, 일곱 자나 되는 긴 칼) 드는 칼로 동강동강 잘라서 이제 빨리 죽여주오. 치라고 명령하는 저 형방아, 칠 때마다 따지지 마시오. 일곱 가지 보물같이 고운 얼굴, 나 죽겠네."

여덟 번째 매를 쳤다.

"팔자 좋은 춘향 몸이 팔도의 삼백 수령 중에 제일 명관 만났구나. 팔도 삼백 수령님아, 백성 다스리러 내려왔지, 백성을 모질게 벌 주러 내려왔나?"

아홉 번째를 쳤다.

"구곡간장(九曲肝腸, 굽이굽이 깊이 서린 창자라는 뜻으로, '깊은 마음속' 또는 '시름이 쌓인 마음속'을 비유하여 이르는 말) 굽이 썩어 이내 눈물은 구 년 홍수 되겠구나. 아홉 언덕 깊은 산 큰 소나무 베어 전함을 만들어 타고, 한양성 안에 급히 가서 궁궐 나라님께 구구히 억울한 사정을 전하고 삼청동 찾아가서 우리 사랑, 맺힌 마음 마음껏 풀련만……."

열 번째 매를 쳤다.

"열 번 죽고 아홉 번 죽을지라도 팔십 년 정한 뜻을 십만 번 죽인대도 가망 없고 소용없지. 십육 세 어린 춘향이 곤장 맞아 원통한 귀신 되니 가련하고 가련하오."

열 대를 치고 그만둘 줄 알았더니 열하나, 열둘……열다섯 번째 매를 쳤다.

"십오야(十五夜, 음력 보름날 밤) 밝은 달은 떼구름에 묻혀 있고, 한양 계신 우리 낭군 삼청동에 묻혔으니, 달아 달아 임 보느냐? 임 계신 곳 나는 어이 못 보는고."

스무 대를 치고는 끝날까 하였더니 스물 다섯 번째 매를 쳤다.

"스물 다섯 줄 거문고를 연주하는 달밤에 임 그리는 마음 이기지 못해 날아가는 저 기러기, 너 가는 데 어디냐? 가는 길에 한양성 찾아들어 삼청동 우리 임께 내 말 부디 전해다오. 나의 모습 자세히 보고 부디부디 잊지 말아라."

하늘마다 어린 마음을 옥황상제께 전하려고 옥 같은 춘향이 몸에서 솟느니 붉은 피요, 흐르느니 눈물이었다. 피눈물 한데 흘러 무릉도원(武陵桃源, 신선이 살았다는 전설적인 중국의 명승지. 별천지)에서 흘러나오는 복사꽃 붉게 뜬 강물과 같았다.

춘향이가 점점 악을 쓰며 말하였다.

"소녀를 이리 말고 능지처참 박살을 내어 죽여주면, 죽은 뒤에 원조(怨鳥)라는 새가 되어 초혼조(招魂鳥, 소쩍새. 귀촉도. 자규)와 함께 울어 적막공산(寂寞空山, 고요하고 쓸쓸한 깊은 산) 달 밝은 밤에 우리 도련님 잠든

후에 꿈이나 깨워야겠네."

춘향이 점점 악을 쓰다가 지쳐 더 말 못하고 기절하니 엎드려 있던 형방, 통인 고개 들어 눈물 씻고, 매질하던 사령도 눈물 씻고 돌아서며 말하였다.

"사람의 자식으로선 이 짓 못하겠네."

좌우의 구경하는 사람과 거행하는 관속들도 눈물 씻고 돌아서며 말하였다.

"춘향의 매 맞는 모습, 사람 자식은 못 보겠다. 모질도다 모질도다. 춘향의 정절이 모질도다. 하늘이 낸 열녀로다."

남녀노소 없이 눈물 흘리며 돌아설 때 사또인들 좋을 리가 있겠는가.

"네 이년! 관청 뜰에서 발악하며 맞으니 좋은 것이 무엇이냐? 이후에도 또 그런 거역을 할 테냐?"

반쯤은 죽고 반쯤은 살아 있는 춘향이 점점 악을 쓰며,

"여보, 사또 들으시오. 죽기를 결심하고 먹은 마음을 어찌 그리 모르시오. 계집의 품은 원한은 오뉴월에 서리 내립니다. 원통한 혼이 하늘로 날아다니다가 우리 나라님 앉은 곳에 이 슬픈 사연을 전하면 사또인들 무사할까. 그리할 터이니, 죽여주시오."

하니 사또가 기가 막혀 명을 내렸다.

"허허, 그년 말 못할 년이로군. 큰칼 씌워 옥에 가두어라."

옥에 갇혀 춘향이 긴 한숨을 짓다

춘향이 붉은 도장 찍힌 종이로 봉인(封印, 봉한 자리에 도장을 찍음, 또는 그 도장) 된 큰칼(길이가 135cm 정도 되는 중죄인의 목에 씌우는 형구) 쓰고 옥사쟁이 등에 업고 삼문 밖을 나오는데 기생들이 따라 나왔다.

"애고 춘향아, 정신 차려라. 애고 불쌍해라."

계속 혀를 차고 눈물을 흘리며 사지를 주무르고 맞은 자리에 약을 갈아 붙여주었다. 그때 키 크고 속없는 낙춘이가 들어오며,

"얼씨구 절씨구 좋을씨고, 우리 남원에도 열녀문감이 생겼구나!"

와락 달려들어,

"애고, 춘향아. 불쌍도 하여라."

이렇게 야단을 할 때, 춘향 어미는 이 말 듣고 정신없이 들어오더니 춘향의 목을 안고 울었다.

"아이고, 이게 웬일이냐? 죄는 무슨 죄며 매는 무슨 매냐? 집사님네, 이방님네, 내 딸이 무슨 죄요. 장군방의 우두머리들아, 매 때리던 옥사쟁이도 무슨 원수가 맺혔더냐? 애고 애고 내 일이야. 칠십 당년 늙은 것이 의지할 때 없이 되었구나. 무남독녀 내 딸 춘향이 규방에서 은근하게 길러내어서 밤낮으로 서책만 놓고 여인의 도리를 공부하기만을 일삼았으며, 날 보고 하는 말이 '마세요, 마세요. 서러워 마세요. 아들 없다고 서러워 마세요. 외손자가 제사 모시지 못하겠소.' 어미에게 지극한 정성이 옛날 효자로 유명한 곽거나 맹종인들 내 딸보다 더할 것인가? 자식을 사랑하는 법이 아래위가 다르겠는가? 이 내

마음 둘 곳이 없네. 가슴에 불이 붙었으니 한숨이 연기와 같네. 김번수야 이번수야, 윗분 명령이 지엄하다고 이다지도 몹시 친단 말인가. 애고, 내 딸 매 맞은 자리 보소. 눈 같고 얼음 같던 두 다리에 연지 같은 피 비쳤네. 왜 못생긴 월매 딸이 되어 이 모양이 웬일이냐? 춘향아 정신 차려라. 애고 애고 내 신세야."

춘향을 연신 쓰다듬다가 급히 향단을 불렀다.

"향단아, 어디 가서 걸음 빠른 심부름꾼 둘만 사오너라. 한양에 급히 보내야겠다."

춘향이 그 말을 듣고,

"어머니, 그러지 마세요. 심부름꾼의 소식을 도련님이 들으시고 엄한 부모 밑에서 어쩔 줄 모르다가 마음에 병이라도 생기면 어쩌겠어요. 그런 말씀 마시고 그냥 옥으로 가십시다."

옥사쟁이의 등에 업혀 감옥으로 들어갈 때 향단이는 칼 머리를 들고 춘향 어미는 뒤를 따라 옥문에 이르렀다.

"옥 형방, 문 여시오. 옥 형방도 잠들었나?"

옥중에 들어가서 옥 방의 모양을 살펴보니 부서진 죽창 틈으로 살을 쏘나니 바람이요, 무너진 헌 벽이며 헌 자리에서 벼룩, 빈대가 온몸으로 기어들었다.

이때 춘향은 옥방에서 「장탄가(長歎歌)」(크게 한탄하며 부르는 노래)를 부르며 우는 것이었다.

"이내 죄가 무슨 죈가? 나라 곡식을 도둑질한 것도 아닌데 엄한 형벌 무거운 매질이 무슨 일인가? 살인 죄인도 아닌데 목에는 칼, 발에는 족쇄가 웬일이며, 역적모의 인륜배반도 아닌데 사지 결박 웬일이며, 간통죄도 아닌데 이 형벌이 웬일인가? 삼강의 물을 벼루 물 삼고 푸른 하늘을 종이 삼아 내 서러운 사연 글로 지어 옥황상제께 올리고 싶소.

낭군 그리워 가슴 답답 불이 붙네. 한숨이 바람 되어 붙는 불을 더 붙이니 속절없이 나 죽겠네. 홀로 서 있는 저 국화는 높은 절개 거룩하다. 눈 속 푸른 솔은 천고의 절개로구나. 푸른 솔은 나와 같고 누런 국화 낭군 같아, 뿌리나니 눈물이요 적시느니 한숨이라.

한숨은 맑은 바람 삼고, 눈물은 가랑비 삼아, 맑은 바람이 가랑비 몰아다가 불거니 뿌리거니 임의 잠을 깨우고자 하네. 견우성과 직녀성은 칠월칠석 서로 만날 때에 은하수 막혔으나 때를 놓친 일이 없건마는, 우리 낭군 계신 곳에 무슨 물이 막혔는지 소식조차 못 듣는가? 한숨은 바람 삼고 눈물은 가랑비 삼아, 바람이 가랑비를 몰아다가 불거니 뿌리거니 님의 잠을 깨웠으면.

견우 직녀 두 별은 칠월칠석 상봉할 때 은하수 막혔지만 때를 놓친 적은 없었는데, 살아서 이렇게 그리워하느니 차라리 죽어 빈 산의 두견새 되어 달 밝은 밤 배꽃 아래 슬피 울어 낭군 귀에나 들렸으면. 맑은 강의 원앙이 되어 짝을 부르고 다니면서 다정하고 유정함을 낭군께 보였으면. 봄날 나비가 되어 향기로운 두 날개로 봄빛을 자랑하며 낭군 옷에 붙었으면. 맑은 하늘에 밝은 달이 되어 밤이 되면 솟아올라 환하고 밝은 빛을 임의 얼굴에 비췄으면. 이 내 간장 썩는 피로 임의 모습 그려내어 방 문 앞에 족자 삼아 걸어 두고 들면 보았으면.

수절 정절에 절대 미인 참혹하게 되었구나! 무늬 좋은 형산 백옥이 진흙 속에 묻힌 듯, 신선들의 향기로운 상산의 풀이 잡풀 속에 섞인 듯, 오동 속에서 놀던 봉황이 가시덤불 속에 깃들인 듯하구나.

예로부터 성현들은 죄 없어도 궂었으니 요순 · 우탕 어진 임금들도 걸주의 포악으로 옥에 갇혔다가 도로 나와 성군이 되시고, 덕으로 백성을 다스리던 주나라 문왕도 상나라 주왕의 해를 입어 옥에 갇혔다가 도로 나와 성군이 되었고, 영원한 성현 공자님도 양호의 얼굴을 닮아 광읍 들에 갇혔다가 도로 나와 큰 성인이 되셨으니, 이런 일로 보게 되면 죄 없는 이 내 몸도 살아나서 세상 구경 다시 할까? 답답하고 원통하다.

날 살릴 이 누가 있을까? 서울 계신 우리 낭군 벼슬길로 내려와 이렇게 죽어가는 내 목숨을 못 살릴까? 여름 구름은 기이한 봉우리도 많다더니 산이 높아 못 오시는가? 금강산 상상봉이 평지가 되면 오시려는가, 병풍에 그려진 누런 닭 두 날개를 툭툭 치며 첫 새벽 날 새라고 울면 오시려는가? 애고 애고, 내 일이야."

대나무 창살 문을 열어 젖히니 밝고 깨끗한 달빛은 방 안으로 든다마는, 어린 것이 홀로 앉아 달에게 물었다.

"저 달아, 보느냐? 임 계신 데 밝은 기운 비쳐라. 나도 좀 보자구나. 우리 임이 누웠더냐? 보는 대로만 네가 일러 나의 수심 풀어다오."

'애고 애고' 슬피 울다가 홀연히 잠이 들었다. 춘향이 비몽사몽간에 나비가 장자 되고 장자가 나비 되어 가랑비 같이 남은 혼백 바람인 듯 구름인 듯 한 곳에 이르니, 하늘과 땅이 광활하고 산수가 신령스레 아름다운데 은은한 대숲 사이로 단청을 입힌 누각이 나타났다.

"대개 귀신이 다닐 때는 큰바람이 일어나며 하늘로 솟구치거나 땅 속으로 꺼지는 법인데, 나는 지금 '베갯머리에서 잠깐 봄꿈을 꾸는 중에 강남 수천 리를 다 갔구나'(중국 당나라 시인 잠참의 「춘몽(春夢)」 중 한 구절)"

문득 앞을 살펴보는데 금빛 나는 큰 글자로 '만고정렬황릉지묘'(萬古貞烈黃陵之廟, '만고에 정숙한 열녀 황릉의 묘'란 뜻. 황릉에는 순 임금의 두 부인인 아황과 여영이 묻혀 있음)라는 현판이 붙어 있으니 몸과 마음이 황홀하여 그 앞을 배회하는 가운데 여자 셋이 다가왔다. 진나라 부자 석숭의 애첩 녹주가 등불을 들고, 진주 기생 논개와 평양 기생 월선이 함께 있었다. 그들은 춘향을 인도하여 누각 안으로 들어갔다. 집 안에는 흰 옷을 입은 두 부인이 기다리고 있었다. 부인들이 춘향에게 의자에 앉으라고 청하자 춘향이 사양하였다.

"인간 세상의 천한 것이 어떻게 황릉묘에 오르겠습니까?"

부인들은 사양하는 춘향을 더욱 기특히 여겨 여러 차례 청하니 더 이상 사양하지 못하고 자리에 앉았다.

"네가 바로 춘향이로구나. 참으로 기특하다. 지난번 옥황상제를 뵈러 올라갔다가 무성한 네 소문을 들었기로 간절히 보고 싶어 너를 청한 것이다."

춘향이 두 번 절하고 말하였다.

"첩이 비록 무식하나 옛 책에서 읽고, 죽은 후에나 존귀하신 두 분의 모습을 뵈올까 하였는데, 이렇게 황릉묘에 올라 뵙게 되었으니 기쁘기 한이 없습니다."

상군부인(湘君夫人, 아황과 여영. 순 임금이 죽자 남편을 따라 상강에 빠져 죽었다고 해서 붙은 이름)이 말씀하셨다.

"우리 순 임금 대순씨가 남쪽을 순행하다가 창오산에서 돌아가신 후 속절없는 이 두 사람이 소상강가 대숲에 피눈물을 뿌려놓으니 가지마다 아롱다롱 잎마다 원한이라. 창오산이 무너지고 상수가 끊어져야 대나무 위의 눈물이 마르리라. 가슴이 맺힌 깊은 한을 하소연할 곳이 없었는데 네 절개가 기특하여 너에게 말하노라. 송죽 같은 절개 이어온 지 몇천 년이며 오현금으로 연주하던 순 임금의 남풍시는 이제까지 전하더냐?"

이렇듯 말씀을 하실 때 어떤 부인이 나섰다.

"춘향아, 나는 진나라 달 밝은 음도성에서 옥피리 소리에 신선이 된 농옥이다. 소사의 아내로 태화산에서 이별한 후 용을 타고 날아가 버린 것이 한이 되어 옥피리로 원한을 풀 때 곡이 끝나자 날아가 자취를 모르니, 산 아래 봄 맞은 복숭아꽃만 절로 피어나는구나."

이런 말을 하는 사이 또 한 부인이 나섰다.

"나는 한나라 궁녀 왕소군이다. 오랑캐 땅으로 잘못 시집 가 남은 것은 푸른 무덤뿐이었다. 말 위에서 탄 비파 한 곡조에, 그림을 보니 알겠구나, 보드랍고 아리따운 모습. 장신구 소리만 혼이 되어 헛되이 달밤에 돌아왔구나. 어찌 원통하지 않겠는가?"

한참을 이럴 때 서늘한 바람이 일어나며 촛불이 벌렁벌렁하며 무엇인가 촛불 앞으로 달려드는데 춘향이 놀라 살펴보니 사람도 아니요 귀신도 아닌데 희미한 가운데 울음소리가 시끄러웠다.

"여봐라, 춘향아. 너는 나를 모르리라. 내가 누군고 하니 한고조의 아내 척부인(戚夫人, 중국 한나라 고조인 유방이 사랑하던 후궁)이다. 우리 황제 돌아간 후 여태후의 독한 솜씨가 내 손발을 끊고, 내 두 귀에다 불 지르고, 두 눈도 빼어내고, 벙어리가 되는 약을 먹여 뒷간 속에 넣었으니 천추에 깊은 한을 어느 때나 풀어보겠는가?"

이렇게 울 때 상군부인이 말하였다.

"이곳이라 하는 데가 삶과 죽음이 갈리고, 가는 길도 또한 다르니 오래 머물지 못할 것이다."

이렇게 작별하니, 동쪽의 귀뚜라미 소리는 시르렁, 한 쌍의 호랑나비는 펄펄, 춘향이 깜짝 놀라 깨어보니 꿈이었다. 놀라 깨는 중에 갑자기 옥창 밖에는 앵두꽃이 떨어져 보이고 거울 복판이 깨어져 보이고 문 위에 허수아비가 달려 있듯이 보였다. 이상한 일이었다. 춘향이 혼자 속으로,

'내가 죽을 꿈이로다.'

하고 슬픔과 걱정으로 밤을 새우는데, 기러기 울고 가니 서쪽 강물을 비추는 한 조각 달빛을 받으며 남쪽으로 날아가는 기러기를 너 아느냐? 밤은 깊어 삼경이요 궂은 비는 퍼붓는데, 도깨비는 삑삑, 밤새 소리는 붓붓, 문풍지는 펄렁펄렁, 귀신이 우는데 난장 맞아 죽은 귀신, 형장 맞아 죽은 귀신, 대롱대롱 목매달아 죽은 귀신, 사방에서 울어대니 귀신이 곡하는 소리가 낭자하였다. 방 안이며 추녀 끝이며 마루 아래서도

'애고 애고' 귀신 소리가 나니 잠들 길이 전혀 없었다.

춘향이 처음에는 귀신 소리에 무섭고 정신이 없었으나 한참 지내고 나니 겁이 없어져 청승맞은 굿거리 소리로 알고 들었다.

"이 몹쓸 귀신들아, 나를 잡아가려거든 조르지나 말아라. 암급급여율령사파(唵急急如律令娑婆, 귀신을 물리치는 주문의 맨 끝에 쓰는 말)쐐!"

주문을 외고 앉아 있을 때 옥 밖으로 장님 하나가 지나가는데 서울 봉사 같으면,

"문수(問數, 문복. 수는 『주역』에서 점을 칠 때 사용되는 역수를 가리킴) 하오."

라고 외치련마는 시골 봉사라,

"점 치시오."

하고 외치며 가니, 춘향이가 듣고,

"여보, 어머니. 저 봉사 좀 불러주오."

춘향 어미가 봉사를 불렀다.

"여보, 저기 가는 봉사님."

"거 누구요?"

"춘향이 어미요."

"어째 찾나?"

"우리 춘향이가 옥중에서 봉사님을 잠깐 오시라 하오."

"날 찾기 의외로운 가보세."

봉사가 옥으로 들어갈 때 춘향 어미는 봉사의 지팡이를 잡고 길을 인도하였다.

"봉사님, 이리 오시오. 이것은 돌다리요, 이것은 개천이오, 조심하

여 건너시오."

앞에 개천이 있어 뛰어 볼까 오랫동안 벼르다가 뛰는데, 봉사 뛴다는 것이 멀리 뛰지는 못하고 올라갈 만한 길이나 올라가는 것이었다. 멀리 뛴다는 것이 한가운데 가서 풍덩 빠졌는데 기어 나오려고 짚은 것이 개똥을 짚었다.

"아뿔싸, 이게 정녕 똥이지."

손을 들어 맡아보니, 묵은 쌀밥 먹고 썩은 놈이로구나. 봉사가 손을 뿌리친다는 것이 모난 돌에 부딪치니 어찌나 아프던지 입에다가 훌훌 쓸어넣고 우는데 먼 눈에서 눈물이 뚝뚝 떨어졌다.

"애고 애고, 내 팔자야. 조그만 개천 하나 못 건너고 이 봉변을 당하였으니 누구를 원망하고 누구를 탓하랴. 내 신세 생각하니 천지 만물을 보지 못하고 밤낮을 알지 못하는구나. 어찌 사계절을 짐작하며 봄날이 온다고 복사꽃 · 배꽃 피는 것을 내가 알겠으며, 가을날 찾아온 들 누런 국화 · 단풍을 어찌 알며, 부모를 내 아느냐, 처자를 내 아느냐, 친구 벗님네들을 내가 아느냐? 세상 천지 해와 달, 별들과 두텁고 얇고 길고 짧음을 모르고 밤중같이 지내다가 이 지경이 되었구나. 참말로 이른바 '소경이 잘못이냐, 개천이 잘못이냐?' 소경이 잘못이지 처음부터 있던 개천이 잘못이겠는가?"

'애고 애고' 슬피 우니 춘향 어미가 위로하였다. 봉사를 목욕시켜 옥으로 들어가니 춘향이 반겼다.

"애고, 봉사님. 어서 오시오."

봉사는 눈먼 중에 춘향이가 미인이란 말을 듣고, 반가워하였다.

"음성을 들으니 춘향 각시인가?"

"예, 그렇습니다."

"대체 나를 어째 청하였나?"

"예, 다름이 아니라 간밤에 흉한 꿈을 꾸었기에 꿈풀이도 하고, 우리 서방님이 어느 때나 나를 찾을까 길흉(吉凶) 여부를 점치려고 청하였소."

"그리하세."

봉사가 점을 치는데,

"저 큰 점쟁이의 믿음직스러운 말을 빌어 공경을 다하여 비나이다. 하늘이 언제 말씀하시었고 땅이 언제 말씀하셨으리오마는 두드리면 곧 응답해주시는 것이 신비하고 영험스러우시니 모든 것을 신통하게 풀어주십시오. 길흉은 알지 못하고 그 의심을 풀지 못할 때 다만 마음과 혼령이 원하는 바를 밝혀 알려주시기를 바라며, 옳고 그른 것을 밝히고자 하니 곧 응답하여 주십시오. 복희씨와 문왕과 무왕, 무공과 주공, 공자를 비롯한 안자 · 증자 · 자사 · 맹자 오대 성현(聖賢)과 공자의 뜻을 이어받은 칠십이현과 안자, 증자, 자사, 맹자와 공자의 고제자인 성문십절과 제갈공명 선생과 이순풍과 도학자인 소강절, 정호, 정이, 주돈이와, 성리학자 주희와, 엄군평, 사마군, 귀곡 선생, 손빈, 소진과 장의, 왕필, 주원장, 모든 선생들은 밝게 살피시고 기억해 주십시오. 마의도자, 구천현녀, 육정, 육갑, 신장님이시여, 연월일시 네 가지를 함께 말하니, 배괘동자, 척괘동남, 허공, 유감, 여왕, 본가봉사, 달뇌, 향화, 명신 문차보향, 부디 내려와 주십시오. 전라좌도 남원 고을의 강가에 살고 있는 임자년생 열녀 춘향이 어느 날 어느 일에 옥중에 갇혔다 풀려나며, 서울 삼청동에 사는 이몽룡은 어느 날 어느 시에 이곳에 도착하겠습니까? 엎드려 비오니 여러 신령께서는 영험함을 밝게 보여주십시오."

산통을 철겅철겅 흔들더니 말하였다.

"어디 보자. 일이삼사오륙칠, 허허 좋다. 좋은 괘로구나. '물고기가 물에서 놀면서 그물을 피하니 작은 것이 쌓여 크게 이루어지리라.' 옛날 주나라 무왕이 벼슬할 때 이 괘를 얻어 금의환향(錦衣還鄕, 비단옷을 입고 고향에 돌아온다는 뜻으로, '성공하여 고향으로 돌아옴'을 이르는 말) 하였으니 어찌 아니 좋을 것이냐? '천리 멀어도 서로의 마음을 아나니 친한 사람을 만나리라.' 자네 서방님이 머지않아 내려와서 평생의 한을 풀겠네. 걱정 마오, 참 좋거든."

춘향이 대답하였다.

"말대로 그러하면 오죽이나 좋겠습니까? 간밤 꿈의 해몽이나 좀 하여 주옵소서."

"어디 자세히 말을 하소."

"몸단장하던 체경이 깨져 보이고, 창 앞의 앵두꽃이 떨어져 보이고, 문 위에 허수아비가 달린 듯이 보이고, 태산이 무너지고 바닷물이 말라보이니 나 죽을 꿈 아니오?"

봉사 가만히 생각하다가 얼마 있다 말하였다.

"그 꿈이 참 좋다. 꽃이 떨어지니 능히 열매를 맺을 것이요, 거울이 깨어지니 어찌 큰 소리 한 번 없겠는가. 문 위에 허수아비가 달려 있으면 사람마다 다 우러러볼 것이오. 바다가 말랐으니 용의 얼굴을 볼 것이며, 산이 무너지면 평지가 되리라. 좋다, 쌍가마 탈 꿈이로세. 걱정 말게, 멀지 않네."

한참 이렇게 이야기를 나눌 때, 까마귀가 뜻밖에 옥 밖의 담에 와 앉아서 '까옥까옥' 울거늘 춘향이 손을 들어 날리며 말하였다.

"방정맞은 까마귀야. 나를 잡아가려거든 조르지나 말려무나."

봉사가 이 말을 듣더니 물었다.

"가만 있소. 그 까마귀가 '까옥까옥' 그렇게 울었지?"

"예, 그래요."

"좋다 좋다, 가는 아름다울 가(嘉)요, 옥은 집 옥(屋)이라, 아름답고 즐겁고 좋은 일이 머지않아 돌아와서 평생에 맺힌 한을 풀 것이니 조금도 걱정하지 마시오. 지금은 복채 천 냥을 준대도 아니 받아갈 것이니 두고 보고, 귀하게 되었을 때에 괄시나 부디 마소. 나는 돌아가네."

춘향은 긴 한숨과 슬픈 마음으로 세월을 보내었다.

어사가 된 이도령이 거지 행세를 하다

이때 한양의 이도령은 밤낮으로 시서(詩書) 백가어(百家語)(『시전』과 『서전』과 제자백가의 서책)를 깊이 생각하며 열심히 읽었다. 글로는 이백이고, 글씨는 왕희지였다.

나라에 경사(慶事)가 있어 태평과(太平科, 수시로 보는 과거)를 보일 때에

서책(書冊)을 품에 안고 과거장에 들어가 좌우를 둘러보니 수많은 백성과 허다한 선비들이 일시에 임금에게 절을 드리고 있었다. 또한 궁중 음악의 청아한 소리에 앵무새가 춤을 추고 있었다.

드디어 대제학(大提學, 조선 시대 홍문관과 예문관의 우두머리로서, 정2품 벼슬)이 임금이 정한 과거 제목을 뽑아내자 도승지(都承旨, 조선 시대 승정원의 여러 승지 가운데 으뜸인 정3품 벼슬)가 모셔다가 붉은 휘장 위에 걸어놓으니, 글의 제목은 '춘당(春塘) 춘색(春色) 고금동(古今同)' ('춘당대의 봄빛은 예나 지금이나 같다' 는 뜻)이라고 뚜렷이 걸려 있었다. 이도령이 제목을 살펴보니 익히 보았던 것이다. 종이를 펼쳐놓고 그 뜻풀이를 잠시 생각하다가 용 벼루에 먹을 갈아 족제비 꼬리털로 만든 무심필(無心筆, 딴 털로 속을 박지 않은 붓)에 담뿍 찍은 후에 왕희지 필법으로 조맹부(중국 원나라의 유명한 화가 · 서예가. 당시의 대표적인 지성인으로서 다방면에 넓은 지식을 가졌다고 함)의 필체로 단번에 붓으로 휘갈겨 내니, 시험관이 글을 보고 잘 되어 있는 글자마다 점을 모두 찍고, 시구(詩句)마다 빼어난 부분에 표시를 다 하였다. 글씨는 용이 날아오르고 모래밭에 기러기가 날아 앉는 것 같았으니, 이 세상의 제일 가는 인재였다.

금으로 만든 게시판에 이름을 붙이고, 임금이 직접 권하는 어주(御酒) 석 잔을 마신 후 장원급제의 휘장(揮帳, 과거에 장원한 사람의 글을 칭찬하려고 내걸어놓는 것)을 받았다.

임금에게 장원급제 인사를 마치고 물러나올 때 머리에는 어사화(御賜花, 임금이 내려주는 종이로 만든 꽃)를 썼고, 몸에는 앵삼(鶯衫, 조선 시대에 나이 어린 사람이 생원시나 진사시에 급제하였을 때 입던 황색 예복)을 입고, 허리에는 학무늬의 띠를 둘렀다.

삼 일 동안 거리에서 축하 받으며 논 후에 산소를 깨끗이 청소하고 제사를 지냈다. 그런 다음 임금께 절하러 들어가니 임금이 친히 불러 말하였다.

"그대의 재주가 조정의 으뜸이다. 전라도 암행어사(暗行御史, 조선 시대 왕명을 받고 비밀리에 지방을 돌아다니면서 관리의 잘못을 파헤치고 백성들의 형편을 살피던 임시관직)를 맡길 터이니 관리들의 잘잘못을 철저히 살피고 오라."

이것이야말로 이도령이 평생에 소원하던 것이었다. 이도령은 임금으로부터 암행어사를 표시하는 수의(繡衣, 비단옷), 마패(馬牌), 유척(鍮尺, 조선 시대에 쓰이던 한 자 한 치 길이의 표준 자. 놋쇠로 만들었는데, 주로 지방 수령이나 암행어사가 사실을 조사할 때 썼음)을 받고, 임금께 하직하고 집으로 돌아갔다. 철관을 쓰고 궁궐을 나서는 그의 풍채(風采)는 깊은 산의 사나운 호랑이와 같았다.

부모에게 작별 인사하고 전라도 길을 나섰다. 남대문 밖으로 나가 서리 · 중방 · 역졸들을 거느리고 청파역에서 말을 잡아타고 칠패 · 팔패 · 배다리 얼른 넘어, 밥전거리를 지나 동작동을 얼른 건너, 남태령을 바삐 넘어, 과천읍에서 점심을 먹고, 사근내 · 미륵당을 지나 수원에서 묵었다. 다음 날은 대황교 건너 떡전거리 · 진개울 · 중미 등을 지나 진위읍에서 점심 먹고, 칠원 · 소사 · 애고다리 등을 지나 성환역에서 잠을 잤다. 또 다음 날은 상유천 · 하유천 · 새술막 등을 지나 천안읍에서 점심 먹고, 삼거리 · 도리티를 지나 김계역에서 말을 갈아타고, 신구덕평을 얼른 지나 원터에서 묵었다. 다음 날은 팔풍정 · 화란 · 광정 · 모란 · 공주 등을 지나 금강을 건너 금영에서 점심 먹고, 높은 행길 소개문을 지나 어미널터를 넘어 경천에서 묵었다. 다음 날 뇌성 · 풋개 · 사다리 · 은진 · 까치다리 · 황화정 등을 지나 지어미고개 넘어 여산읍에서 잠을 잤다.

이튿날 서리와 중방을 불러 분부를 내렸다.

"여기는 전라도 첫 읍인 여산이다. 막중한 나라일을 맡아 함에 있어 비밀을 지키지 않으면 죽기를 면치 못할 것이다."

가을에 내리는 서릿발같이 호령하며,

"너도 전라좌도로 들어가 진산, 금산, 무주, 용담, 진안, 장수, 운봉, 구례 등 이 여덟 고을을 둘러본 후 아무 날 남원 고을로 가서 대령하고, 중방과 역졸 너희들은 전라우도로 용안, 함열, 임피, 옥구, 김제, 만경, 고부, 부안, 흥덕, 고창, 장성, 영광, 무장, 무안, 함평 등을 살펴본 후 아무 날 남원 고을로 가서 대령하라. 종사(從事, 종사관. 각 군영 포도청의 한 벼슬) 너희들은 익산, 금구, 태인, 정읍, 순창, 옥양, 낙안, 순천, 곡성으로 둘러 아무 날 남원읍으로 대령하라."

부하를 따로 따로 나누어 보낸 후에 어사또가 여행채비를 차리는데, 그 모양을 보자.

아예 사람들을 속이려고 모자 없는 헌 갓에 실로 얽은 줄을 칭칭 매어 질 낮은 천으로 갓끈을 달아 쓰고, 당(망건의 윗 부분)만 남은 헌 망건에 갑풀 관자(아교로 만든 관자. 관자는 망건에 달아, 망건당줄을 꿰는 고리) 노끈 당줄 달아 쓰고, 의뭉하게(겉으로는 어리석은 것 같으나 속은 엉큼하게) 헌 도포에 무명 실띠를 가슴속에 둘러매고 살만 남은 헌 부채에 솔방울을 부채추 삼아 달아 햇볕을 가리고 내려왔다.

통새암을 지나 삼례에서 묵고, 한내 · 주엽정이 · 가린내 · 싱금정 등을 구경하고, 숲정이 · 공북루 서문을 얼른 지나 남문에 올라가 사방을 둘러보니, 서호가 있는 중국 강남이 여기였다.

기린봉에 솟은 달, 한벽루에 낀 안개, 남고사의 저녁 종소리, 건지산의 보름달, 다가동의 활터, 덕진 연못에서 연근 캐기, 비부정에 내려앉는 기러기, 위봉산의 폭포, 완산팔경(完山八景, 전주의 여덟 가지 아름다운 경치. 즉 기린산이 달을 토하는 모습, 한벽당 주변의 맑은 연기, 남고사의 저녁 종소리, 건지산에서 달을 바라보는 것, 다가산에 있는 활쏘기 과녁, 덕진지에서 연밥 따기, 비비정에 내려오는 기러기, 위봉산의 폭포 등을 말함) 다 구경하고, 신분을 숨기고 내려올 때 각 고을의 수령들이 어사가 내려왔단 말을 듣고 민정(民政, 백성의 살아가는 사정과 형편 또는 민심)을 가다듬고, 앞서 하였던 일들을 염려할 때 누구인들 편할까. 이방과 호장은 넋을 잃어버리고, 공사를 회계하는 형방, 서기들은 여차하면 도망할 준비로 신발 끈을 준비하고, 수많은 각 청에 있는 사람들이 넋을 잃고 분주하였다.

이때 어사또는 임실, 구화 뜰 근처에 도착하였다. 이때 마침 농사철이라, 농부들이 「농부가」를 부르는 것이 들렸다.

> 어허라 상사디요,
>
> 천리건곤(千里乾坤, 천 리에 이르는 넓은 세상) 태평한 때 도덕 높은 우리 나라님.

강구연월(康衢煙月, 태평한 세월) 동요 듣던 요임금의 성덕이라.

어허라 상사디요.

순임금 높은 성덕으로 내신 하빈에서 농기구를 만들고 역산(歷山)에서 밭을 갈고,

어허라 상사디요.

신농씨(神農氏) 내신 땅이 오랜 세월동안 전해지니, 어어 아니 높으던가.

어허라 상사디요.

하우씨(夏禹氏) 어진 임금 구 년 홍수 다스리니,

어허라 상사디요.

은왕(殷王) 성탕(成湯, 중국 은나라 제일대의 왕. 이름은 이(履) 하(夏)나라의 걸(桀)왕을 치고 이를 대신하여 왕위에 올랐음) 어진 임금 칠 년 가뭄을 당하였네.

어허라 상사디요.

이 농사를 지어 임금님께 세를 낸 후 남은 곡식으로

부모 봉양 아니하며 처자식 돌보지 아니할까.

어허라 상사디요.

백 가지 풀을 심어 네 계절을 짐작하니 믿을 게 백 가지 풀이로다.

어허로 상사디요.

청운공명(靑雲功名, 벼슬에 나아가 공을 세우고 이름을 떨침) 좋은 호강인들 이 팔자를 당할쏘냐.

어허로 상사디요.

남북의 논밭 경작하여 함포고복(含哺鼓腹, 배불리 먹고서 배를 두드리며 즐김) 하여 보세.

어허로 상사디요.

한참 이럴 때, 어사또 지팡이를 짚고 이만치 떨어져서 농부가를 구

경하다가 혼자 중얼거렸다.

"올해도 대풍년이로구나."

또 한편을 바라보니 이상한 일이 있었다. 중년이 넘은 노인들이 끼리끼리 모여 서서 등걸밭(나무의 줄기를 베어 내고 남은 밑동. 곧, 그루터기 부분. 등걸이 많은 부분)을 일구는데, 갈멍덕(갈대로 만든 삿갓의 한 가지)을 눌러 쓰고 쇠스랑을 손에 들고 「백발가(白髮歌)」(늙어 머리털이 센 것을 한탄하는 노래)를 부르는 것이었다.

등장(等狀, 여러 사람의 이름을 잇달아 써서 관청에 하소연하는 일) 가자. 등장 가자.
하느님 앞에 등장 갈 양이면 무슨 말을 하실는지.
늙은이는 죽지 말고, 젊은 사람 늙지 말게.
하느님 전에 등장 가세.
원수로다 원수로다, 백발이 원수로다.
오는 백발 막으려고 오른손에 도끼 들고, 왼손에 가시 들고,
오는 백발 두드리며, 가는 홍안 걸어 당겨
푸른 실로 묶어서 단단히 졸라매되
가는 청춘은 저절로 가고 오는 백발은 때마다 돌아와,
귀밑에 살 잡히고 검은머리 백발 되니
아침에는 푸른 실 같더니 저녁에는 흰 눈과 같아라.
무정한 게 세월이라.
소년시절의 즐거움이 깊다 한들
왕왕이 달라져 가니, 이 아니 광음(光陰, 해와 달이라는 뜻으로 시간, 또는 세월)인가.
천하의 좋은 말을 잡아타고 장안 큰길을 달리고자.

만고 강산 좋고 경치 다시 한 번 보고 싶어.
제일 가는 미인을 곁에 두고 백만 가지로 놀고 싶어.
꽃피는 아침 달 뜨는 저녁 사철 좋은 경치를
눈 어둡고 귀가 먹어 볼 수 없고 들을 수 없으니
어쩔 수 없는 일일세.
슬프다. 우리 벗님, 어디로 가셨는가.
구월 가을 단풍잎 지듯이 선뜻선뜻 떨어지고,
새벽 하늘 별 지듯이 삼삼오오 스러지니,
가는 길이 어디인가, 어허라 가래질이야.
아마도 우리 인생 일장춘몽(一場春夢, 한바탕의 봄 꿈이라는 뜻으로, '헛된 영화나 덧없는 일' 을 비유하여 이르는 말)인가 하노라.

한참 이러할 때 한 농부 썩 나서며,

"담배 먹세, 담배 먹세."

갈멍덕을 숙여 쓰고 두렁(논이나 밭 사이의 작은 둑)에 나오더니 곱돌조대(곱돌 즉, 윤이 나고 매끈매끈한 돌로 만든 담뱃대) 넌지시 들어 꽁무니를 더듬더니 가죽 쌈지를 빼놓고 담배에 탁 침을 뱉어 엄지손가락이 자빠지게 비빗비빗 단단히 넣어 짚불을 뒤져놓고, 화로에 푹 질러 담배를 먹는데, 농군이라 하는 것이 대가 빽빽하면 쥐새끼 소리가 나는 것이다. 양 볼때기가 오목오목, 콧구멍이 발심발심, 연기가 홀홀 나게 피워 물고 나섰다. 어사또는 사람에게 반말하기가 습관이 되었다.

"저 농부, 말 좀 물어보면 좋겠구만."

"무슨 말?"

"이 고을 춘향이가 본관에 수청 들어 뇌물을 받아먹고 민정에 폐를

끼친단 말이 옳은지?"

저 농부가 화를 냈다.

"거 어디 사나?"

"아무 데 살든지."

"아무 데 살든지라니? 게는 눈구멍 귓구멍이 없나? 지금 춘향이는 수청 아니 든다 하여 형장 맞고 갇혔으니, 기생 중의 그런 열녀 세상에 드문지라. 옥 같은 춘향 몸에 자네 같은 동냥아치가 더러운 말을 지껄이다가는 빌어먹지도 못하고 굶어서 뒈지리라. 올라간 이도령인지 삼도령인지 그놈의 자식은 한 번 간 후 소식 없으니, 인간이 그래 가지고는 벼슬은커녕 사람 구실도 못하지."

"어, 그게 무슨 말인가?"

"왜, 이도령하고 어찌 되기라도 하나?"

"되기야 어찌 되랴마는, 남의 말이라고 말버릇이 너무 고약하군."

"자네가 철모르는 말을 하니 그렇지."

말대답을 그만두고 싶은 듯 돌아섰다.

"허허, 망신이로고. 자, 농부네들 일하오."

작별하고 한 모퉁이를 돌아드니, 아이 하나가 오는데 대나무 지팡이를 끌면서, 시조 반, 사설 반을 섞어 중얼거렸다.

"오늘이 며칠인가? 천리길 한양을 며칠 걸어 올라가랴. 조자룡(朝子龍, 조운의 자. 삼국 시대 촉한의 무장. 유비가 조조에게 쫓겨 처자를 버리고 남으로 도망할 때에 말을 타고 가서 유비의 처자를 보호하여 죽음을 면하게 함)이 강 건너던 청총마(흰바탕에 푸른 빛깔이 섞인 말)가 있더라면 오늘로 가련마는. 불행하다, 춘향이는 이서방을 생각하여 옥중에 갇혀서 목숨이 경각에 달렸으니 불쌍하다. 몹쓸 양반 이서방은 한 번 간 후 소식이 없으니, 양반의 도리는 그러한가?"

어사또가 그 말을 듣고 물었다.

"얘, 어디 사니?"

"남원 고을에 사오."

"어디를 가니?"

"한양 가오."

"무슨 일로 가니?"

"춘향의 편지 갖고 이도령 찾아가오."

"얘, 그 편지 좀 보자구나."

"그 양반 철모르는 양반이네."

"무슨 소리냐?"

"글세, 들어보오. 남의 편지도 어렵거든 하물며 남의 아낙이 쓴 편지를 보자고 한단 말이오?"

"얘, 들어라. '행인임발우개봉(行人臨發又開封)' (길을 떠나려는 순간에 편지의 겉봉을 떼어 사연을 확인한다는 뜻으로, 중국 당나라의 시인 장적(張籍)의 「추사(秋思)」의 한 구절)이란 말도 있다. 좀 본다고 어떻게 되겠느냐?"

"그 양반 몰골은 흉악하나 문자 속은 기특하오. 얼른 보고 주오."

"호로자식(후레아들. 버릇없게 구는 놈)이로구나."

편지를 받아 떼어보니 혈서로 쓰여 있었다.

한 번 이별한 후 오래도록 소식이 없으니 도련님께서는 부모님을 모시고 잘 지내시는지요? 천첩 춘향은 형장의 주릿대 위에서 곤장을 얻어맞고 목숨이 위태위태하옵니다. 죽을 지경에 이르러 혼이 황릉묘로 날아가고 저승문을 왔다 갔다 하니 첩의 몸이 비록 온갖 죽음 앞에 놓여 있으나, 다만 열녀는 두 지아비를 섬기지 않을 뿐이옵니다. 첩의 생사와 늙은 어머니의 사정이 어느 지경에 처하였는지 알 수 없으니 서방님, 제 처지를 깊이 헤아려 주옵소서.

그리고 편지 끝에는 피로 쓴 시 한 수도 덧붙여 있었다.

임과의 설운 이별 작년 어느 때이던가.
엊그제 눈 내리더니 어느새 또 가을이 왔네.
바람 사나운 밤 눈처럼 흩뿌려지는 눈물
어찌 나는 남원 옥중의 죄수가 되었던가.

모래밭에 내려앉은 기러기 격으로 그저 툭툭 찍은 것이 모두 다 '애고' 로구나. 어사 보더니 두 눈에 눈물이 맺거니 듣거니 방울방울이 떨어지니 저 아이가 의아해하며 물었다.

"남의 편지 보고 왜 우시오?"

"어따 얘, 남의 편지라도 서러운 사연을 보니, 자연 눈물이 나는구나."

"여보, 인정 있는 체하고 남의 편지 눈물 묻어 찍히오. 그 편지 한 장 값이 열닷 냥이오. 편지값 물어내오."

"여봐라. 이도령이 나와는 죽마고우(竹馬古友, 어렸을 때부터 친한 벗)로서 고향에 내려가 볼 일이 있어 나와 함께 내려오다가 잠깐 전주에 들렀는데, 내일 남원에서 만나자고 언약하였다. 나를 따라가 있다가 그 양반을 뵈어라."

그 아이 가로막고,

"서울을 저 건너로 아시오?"

하며 달려들었다.

"편지 내놓으시오."

서로 다툴 때 옷자락을 잡고 힐난하며 살펴보니 명주전대를 허리에 둘렀는데 제사상에 올리는 접시 같은 것이 들었다. 이를 보고 아이가 물러나며 말하였다.

"이것 어디서 났소? 찬바람이 나오."

"이놈, 만일 천기누설(天機漏泄, 중대한 기밀을 새어나가게 함) 하였다간 목숨을 보전치 못하리라."

아이의 입에 자갈을 물려 돌려보내고 남원으로 돌아올 때 박석재를 올라서서 사면을 둘러보니, 산도 예 보던 산이요, 물도 예 보던 물이다.

남문 밖 썩 내달아,

"광한루야 잘 있더냐 오작교야 무사하냐?"

객사청청유색신(客舍靑靑柳色新, 객사에 푸르고 푸른 버들빛이 새롭구나. 왕유의 「송원이사안서」라는 시의 한 구절)은 나귀 매고 놀던 곳이요, 푸른 구름 맑은 시냇물, 맑은 물은 내 발 씻던 청계수(淸溪水)라. 푸른 나무 우거진 한양 가는 넓은 길은 내가 왕래하던 옛길이로다. 반가워 바삐바삐 둘러보았다.

그때 마침 오작교 다리 밑에서 동네 여인들이 계집아이들과 섞여 앉아 빨래를 하고 있었다.

"야, 야!"

"왜야?"

"애고 애고 불쌍터라. 춘향이가 불쌍터라. 모질더라, 모질더라. 우리 고을 사또가 모질더라. 절개 높은 춘향이를 위력으로 겁탈하려 한들 철석 같은 춘향이 마음 죽는 것을 헤아릴까? 무정터라, 무정터라, 이도령이 무정터라."

저희들끼리 떠들어 대며 추적추적 빨래하는 모양은 영양공주 · 난양공주 · 진채봉 · 계섬월 · 백능파 · 적경홍 · 심회연 · 가춘운(「구운몽」에 나오는 팔선녀의 이름)도 같지만은 양소유가 없으니 누구를 찾느라 앉아 있는가?

어사또 누(樓)에 올라 자세히 살펴보니 석양은 기울고 잠자려는 새들은 숲에 드는데, 저 건너편에 보이는 버드나무는 우리 춘향이 그네 매고 오락가락 놀던 모습이라 어제 본 듯 반가웠다. 푸른 숲 사이에 춘향 집이 저기로다. 저 안의 내동원(內東苑, 울 안에 만들어 놓은 조그마한 동산)은 예 보던 모습이요, 석벽의 험한 감옥은 우리 춘향 우는 듯, 불쌍하고 가여웠다.

이도령이 춘향 어미를 만나다

서산에 해지는 황혼에 춘향 집 문 앞에 이르니 행랑은 무너지고 몸채는 꾀(기둥이나 그 밖의 구조물을 말하는 옛말)를 벗었는데, 예 보던 벽오동은 수풀 속에 우뚝 서서 바람을 못 이겨 초라하게 서 있다. 나즈막한 담 밑 흰 두루미는 함부로 다니다가 개한테 물렸는지 깃도 빠지고 다리를 징금 낄룩 뚜루룩 울음 울고, 빗장 앞 누런 개는 기운 없이 졸다가 아는 손님을 몰라보고 컹컹 짖고 내달았다.

"요놈의 개야, 짖지 마라. 주인 같은 손님이다. 네 주인 어디 가고 네가 나와 반기느냐? 중문을 바라보니 내 손으로 쓴 글자가 충성 충(忠) 자 완연하더니 가운데 중(中)은 어디 가고 마음 심(心) 자만 남아 있고, '와룡장(臥龍莊)'(본래 제갈공명의 산장 이름인데, 이몽룡이 춘향 집에도 붙여 놓은 것) 글자와 '입춘대길(立春大吉)' 글귀는 동남풍에 펄렁펄렁, 이 내 수심 돋워낸다."

그럭저럭 들어가니 안뜰은 적막한데, 춘향 어미의 모습을 보자. 미음솥에 불 넣으며 탄식을 하고 있다.

"애고 애고, 내 일이야. 모질도다 모질도다. 이서방이 모질도다. 내 딸은 목숨이 위태로운데 아주 잊어 소식조차 없네. 애고 애고, 설운지고. 향단아. 이리 와 불 넣어라."

하고 나오더니, 울 안 개울물에 흰머리 빗고, 청한수 한 동이를 단아에 받쳐놓고 당에 엎드려 축원하였다.

"천지지신(天地之神) 일월성신(日月星辰)은 화위동심(化爲動心, 한 가지 마음으로 행함) 하옵소서. 다만 외동딸 춘향이를 금쪽같이 길러내어 외손봉사(外孫奉祀, 외가에 봉사할 자손이 없어 외손이 대신 제사를 받듦) 바랐더니 죄없는 몸으로 모진 매를 맞고 옥중에 갇혔는데, 살릴 길이 도무지 없습니다. 하늘과 땅의 신령들께서는 감동하시어 한양성 이몽룡을 청운에 높이 올려 내 딸 춘향 살려주십시오."

이렇게 빌기를 다한 후에,

"향단아, 담배 한 대 붙여 다구."

춘향 어미가 담배를 받아 물고 후유 한숨 눈물지을 때, 어사가 춘향 어미 정성 보고 속으로,

'내가 벼슬한 게 조상님 음덕인 줄 알았더니, 우리 장모 덕이로구나.'

하였다.

"그 안에 뉘 있나?"

"뉘시오?"

"날세."

"내라니 뉘신가?"

어사 들어온다.

"이서방일세!"

"이서방이라니! 옳지, 이풍헌(李風憲, 이씨 성을 가진 풍헌. 풍헌은 리나 면의 일을 맡아보는 사람) 아들 이서방인가?"

"허허, 장모 망령 났나? 나를 몰라, 나를?"

"자네가 뉘기여?"

"사위는 백년을 두고 대접해야 할 손님이라 하였으니 어찌 나를 모르는가?"

춘향 어미가 반겨하며,

"애고 애고, 이게 웬일인고? 어디 갔다 이제 와. 바람이 크게 일더니 바람결에 풍겨 온가? 여름날 구름이 기묘한 산봉우리처럼 엉기더니 구름 속에 싸여 온가? 춘향의 소식 듣고 살리려고 와 계신가? 어서어서 들어가세."

어사의 손을 잡고 들어가서 촛불 앞에 앉혀 놓고 자세히 살펴보니 걸인 중에 상거지였다. 춘향 어미는 기가 막혔다.

"이게 웬일이오?"

"양반이 잘못되는 것은 말로 할 수가 없네. 그때 올라가서 벼슬길 끊어지고 가산을 탕진하여 부친께서는 학장질(시골 서당에서 훈장 노릇을 함) 가시고 모친은 친가로 가시고 다 각기 갈리어서, 나는 춘향에게 내려와서 돈냥이나 얻어갈까 하였더니, 와서 보니 양가(兩家) 이력 말 아닐세."

춘향 어미가 이 말을 듣고 기가 막혀,

"무정한 이 사람아, 일차 이별 후로 소식이 없었으니 그런 인사가 있으며, 뒷날의 기약인지 잘 되기를 바랐더니 이리 잘 되었소. 쏘아놓은 살이 되고 엎질러진 물이 되어, 누구를 원망할까마는 내 딸 춘향 어쩔라나?"

어사가 짐짓 춘향 어미의 하는 행동을 보려고,

"시장하여 내 죽겠네. 날 밥 한 술 주소."

춘향 어미가 밥 달라는 말을 듣고,

"밥 없네."

어찌 밥 없을고마는, 홧김에 하는 말이었다.

이때 향단이 옥에 갔다 나오더니, 저의 아씨 야단 소리에 가슴이 우둔우둔 정신이 월렁월렁, 정처 없이 들어가서 가만히 살펴보니,

'저의 서방님이 와 계시구나.'

싶어 어찌나 반갑던지 우르르 들어갔다.

"향단이 문안이오. 대감님 문안이 어떠하시며, 대부인은 안녕하시며, 서방님께서도 원로에 평안히 행차하십니까?"

"오냐 고생이 어떠하냐?"

"소녀 몸은 무탈하옵니다. 아씨 아씨 큰아씨, 마오 마오 그리 마오. 멀고 먼 천리길에 누굴 보려고 오셨는데, 이 괄시가 웬일이오? 아기씨가 아시면 지레 야단이 날 것이니, 너무 괄시 마십시오."

부엌으로 들어가더니, 먹던 밥에 풋고추 절인 김치 놓고, 단 간장에 냉수 가득 떠서 모반에 받쳐서 내왔다.

"더운 진지 할 동안에 시장하신데 우선 요기나 하옵소서."

어사또 반겨하며,

"오, 밥아, 너 본 지 오래로구나!"

하고는 여러 가지를 한 데다가 붓더니, 숟가락 댈 것 없이 손으로 뒤져서 한편으로 몰아쳐, 마파람에 게 눈 감추듯 먹어치웠다.

그 모양을 보고 춘향 어미가 말하였다.

"얼씨구, 밥 빌어먹기는 이골이 났구나."

이때 향단이는 저희 아가씨 신세를 생각하여 크게 울지는 못하고 훌쩍거렸다.

"어찌할거나, 어찌할거나, 도덕 높은 우리 아가씨를 어찌하여 살리시려오? 어찌할거나, 어찌할거나."

정신 나간 듯 우는 향단이를 보고 어사또가 기가 막혀 위로하였다.

"여봐라, 향단아. 우지 마라, 우지 마라. 너의 아가씨가 설마 살지 죽겠느냐? 행실이 지극하면 사는 날이 있으니라."

춘향 어미가 그 말을 듣더니 말하였다.

"애고, 양반이라고 오기(傲氣, 힘이 달리면서도 남에게 지기 싫어하는 마음)는 있어서……. 대체 자네가 왜 저 모양인가?"

향단이 말하였다.

"우리 큰아씨 하는 말을 조금도 마음에 두지 마세요. 나이 많아 노망한 가운데 이 일을 당해놓으니, 홧김에 하는 말이니 조금인들 마음에 두실 것 없으세요. 어서 더운 진지나 잡수시오."

어사또 밥상 받고 생각하니, 분한 마음이 북받쳐 올라 마음이 울적하고, 속이 울렁울렁, 저녁 밥맛이 없다.

"향단아 상 물려라."

담뱃대 툭툭 텄다.

"여보 장모, 춘향이나 좀 보아야지."

"그러지요, 서방님이 아가씨 아니 보아서야 인정이라 하오리까?"

향단이 물었다.

"지금은 문을 닫았으니, 파루(罷漏, 오경 삼점 즉, 새벽 4시 30분 경에 큰 쇠

북을 서른 세 번 쳐서 통행금지 해제를 알리던 일. 서울 도성 안에서 오후 10시 인정(人定) 이후 야행을 금하였다가 파루를 치면 풀렸음) 치거든 가십시다."

이때 마침 바라가 뎅뎅 치는 소리가 났다. 향단이는 미음상을 머리에 이고 등불 들고, 어사또는 뒤를 따라 옥 문간에 이르니, 인적이 고요하고 옥 사장도 간 곳 없었다.

이때 춘향이 비몽사몽간에 서방님이 오셨는데, 머리에는 금관이요, 몸에는 붉은 비단옷이라. 상사일념(相思一念, 서로 그리워하는 한결같은 마음)에 와락 목을 끌어안고 만단정회(萬端情懷, 온갖 정서와 회포)를 풀며 서방님의 옷자락을 적시고 있는 중이었다.

"춘향아."

부른들 대답이나 있겠는가? 어사또 하는 말이,

"크게 한 번 불러보소."

"모르는 말씀이오. 예서 동헌이 마주치는데, 소리가 크게 나면 염문(廉問, 남모르게 사정을 물어봄) 할 것이니, 잠깐 계십시오."

"무엇 어때, 염문이 무엇인고, 내가 부를 게 가만 있소. 춘향아!"

부르는 소리에 깜짝 놀라 일어나며,

"허허, 이 목소리, 잠결인가, 꿈결인가? 그 목소리 괴이하다."

어사또는 기가 막혔다.

"내가 왔다고 말을 하소."

"왔단 말을 하면 놀라 정신을 잃고 까무러칠 것이니, 가만히 계시옵소서."

춘향이 저의 어머니 목소리를 듣고 깜짝 놀랐다.

"어머니, 어찌 와 계시오? 몹쓸 딸자식을 생각하와 천방지방(天方地方, 천방지축. 너무 급하여 방향을 잡지 못하고 함부로 날뛰는 모양) 다니다가 낙상(落傷, 넘어지거나 떨어져서 다침)하기 쉽소. 이후에는 오시려고 하지 마십시오."

"내 염려 말고 정신을 차리어라. 왔다."

"오다니 누가 와요?"

"그저 왔다."

"갑갑하여 나 죽겠소. 일러주오. 꿈속에서 임을 만나 온갖 정회하였더니, 혹시나 서방님께 기별 왔소, 언제 오신단 소식 왔소. 벼슬 띠고 내려온단 노문(路文, 벼슬아치가 공무로 지방에 여행할 때, 관리가 이를 곳에 날짜를 미리 알리는 공문) 왔소? 애고 답답하여라."

"너의 서방인지 남방인지, 걸인 하나 내려왔다."

"허허, 이게 웬말인가, 서방님이 오시다니? 꿈속에서 보던 임을 생시에 본단 말인가?"

문틈으로 손을 잡고 말 못 하고 기막혀 하며,

"애고, 이게 누구시오? 아마도 꿈이로다. 상사불견(相思不見, 남녀가 서로 그리워하면서도 보지 못함) 그런 임을 이리 쉬이 만날손가? 이제 죽어 한이 없네. 어찌 그리 무정한가? 박명하다, 남의 모녀. 서방님 이별 후에 자나 누우나 임 그리워 일구월심(一久月深, 날이 오래고 달이 깊어짐. 골똘히 바람을 이름) 한이 되었더니, 이 내 신세 이리 되어 매어 감겨 죽게 되니, 날 살리러 와 계시오?"

한참 이리 반기다가 임의 형상을 자세히 보니, 어찌 한심하지 않겠는가.

"여보 서방님, 내 몸 하나 죽는 것은 서러운 마음 없소마는, 서방님이 지경이 웬일이오?"

춘향이 저의 모친 불러,

"한양성 서방님을 칠 년 가문 날에 비 기다리듯 기다린들 나와 같이 기다렸으랴. 심은 나무가 꺾어지고, 공든 탑이 무너졌네. 가련하다, 이내 신세 하릴없이 되었구나. 어머님, 나 죽은 후에라도 원이나 없게 하여 주시오. 나 입던 비단 장옷 봉황 장롱 안에 들었으니, 그 옷 내어 팔아다가 한산의 가는 모시로 바꾸어서 물색 곱게 서방님 도포 짓고, 흰 비단 긴 치마를 되는 대로 팔아다가 관망(冠網), 신발 · 갓 · 망건 사드리고, 절병 천은(天銀) 비녀, 밀화장도(蜜花粧刀), 옥반지가 함 속에 들었으니, 그것도 팔아다가 한삼(汗衫) 고의 허술치 않게 하여 주오. 머지않아 죽을 년이 세간 두어 무엇할까? 용 장롱, 봉황 장롱, 빼닫이(서랍장)를 되는대로 팔아다가 특별히 상을 차려 진지 대접해주오. 나 죽은 후에라도 나 없다 마시고 날 본 듯이 섬겨주세요."

이번에는 도련님의 손을 쥐고 유언하듯 당부하였다.

"서방님, 내 말씀 들으시오. 내일이 본관 사또 생일이라, 취중(醉中)에 망령이 나면 나를 올려 칠 것이니, 맞은 다리에 독이 올랐으니 수족인들 놀릴 수 있겠어요? 이제 더 맞으면 살아날 가망이 전혀 없으니, 구름같이 헝클어진 머리 이렁저렁 걷어 얹고, 이리 비틀 저리 비틀 들어가서 매 맞아 죽거들랑, 삯꾼인 체 달려들어 둘러 업고, 우리 둘이 처음 만나 놀던 부용당(芙蓉堂, 남원에 있는 부용지(池)의 별당)의 적막하고 고요한 데 뉘어놓고, 서방님 손수 나를 염습(殮襲, 죽은 이의 몸을 씻은 다음에 수의를 입히고 염포로 묶는 일)하되, 나의 혼백 위로하여 입은 옷 벗기지 말고 양지쪽에 묻었다가 서방님이 나중에 귀하게 되어 벼슬에 오르시거든 잠시도 두지 말고 육진(함경북도에 있는 땅 이름)의 좋은 베로 다시 염하여 조촐한 상여 위에 덩그렇게 실은 후에, 북망산천(北邙山川, 북망산. 중국 하남성 낙양에 있는 산으로 옛날 무덤이 많이 있던 곳. 곧 묘지를 뜻함) 찾아갈 때, 앞 남산 뒷 남산 다 버리고 한양으로 올려다가 서방님 서산 발치에 묻어주고, 비문에 새기기를 '수절원사춘향지묘(守節冤死春香之墓)'(수절하다 억울하게 죽은 춘향의 묘)라 여덟 자만 새겨주오. 망부석이 아니 될까. 서산에 지는 해는 내일 다시 오련마는, 불쌍한 춘향이는 한 번 가면 어느 때 다시 올까? 가슴에 맺힌 원한이나 풀어주세요.

애고애고, 내 신세야. 불쌍한 나의 모친, 나를 잃고 가산을 탕진하면 하릴없이 걸인 되어, 이 집 저 집 걸식하다가 언덕 밑에 조속조속(꼬박꼬박 기운없이 조는 모양) 졸다가 자진하여 죽게 되면, 지리산 갈가마귀 두 날개를 떡 벌리고 두둥실 날아들어, '까옥까옥' 두 눈을 다 파먹은들, 어느 자식 있어 '후여' 하고 날려주리. 애고 애고."

춘향이 또 서럽게 울자, 어사또가,

"울지 마라. 하늘이 무너져도 솟아날 구멍이 있느니라. 네가 나를 어찌 알고 이렇듯이 서러워하느냐?"

며 위로하고, 춘향과 헤어져 춘향의 집으로 돌아왔다.

춘향이는 어둠침침 야삼경에 서방님을 번개같이 얼른 보고, 옥방에

홀로 앉아 탄식하는 말이,

"하늘이 사람을 낼 때 별로 후한 운명 박한 운명이 없건마는, 내 신세 무슨 죄로 이팔 청춘에 임 보내고 모진 목숨 살아, 이 형벌, 이 형장 무슨 일인가? 옥중 고생 서너 달에 밤낮없이 임 오시기만 바랐더니, 이제는 임의 얼굴 보았으나 광채 없이 되었구나. 죽어 황천에 돌아가면 여러 신령들 앞에서 무슨 말을 자랑할까?"

'애고 애고' 서럽게 울다 지쳐 반은 죽고 반은 살아 있는 모습이었다.

어사또가 변학도 생일잔치에 나타나다

어사또가 춘향의 집에 나와 그날 밤을 지새려고 문 안과 문 밖 여기저기의 동정을 살필 때, 마침 길청(지방 관청에서 서리와 같은 하급관리가 일을 보던 곳)에 가서 들어보니 이방이 아랫사람을 불러 분부하였다.

"이보게, 들으니 요번에 새로 난 어사또가 서대문 밖 이씨라는데 아까 등불 들고 춘향 어미 앞세우고 해진 옷에 부서진 갓을 쓰고 가던 손님이 아무래도 수상하니 내일 본관 사또 잔치 끝에 아무 탈 없게 일체를 분별하고 십분 조심, 조심하게."

어사가 그 말을 듣고는,

'그놈들 알기는 아는구만.'

하고 속으로 중얼거리며, 또 장청에 가서 들으니 행수 군관이 말하였다.

"여러 군관님네들, 아까 옥방을 다녀간 걸인이 실로 괴이하네. 아마도 어사인 게 분명하니 용모 적은 기록을 내어놓고 자세히들 보시오."

어사또 듣고는,

'그놈들 하나 하나가 귀신이로구나.'

하고 속으로 중얼거리며, 현사(縣司, 관청의 수요에 따른 물품을 출납하는 곳)에 가서 들으니 호방 역시 그러하였다. 육방의 염탐을 마친 후에 춘향 집에 돌아와서 그 밤을 지새웠다.

이튿날 날이 밝자 조사(朝仕, 하급 벼슬아치가 날마다 아침에 으뜸 벼슬아치에게 뵈는 일)를 마치고 이웃 읍(邑)의 수(守) · 령(令)이 남원으로 모여든다. 운봉영장(雲峰營將, 진영장은 총융청, 수어영, 진무영과 팔도의 감영, 병영에 딸린 각 진영의 장관) · 구례 · 곡성 · 순창 · 옥과 · 진안 · 장수 원님이 차례로 모여든다. 왼편에 행수군관(行首軍官), 오른편에 청령사령(廳令使令), 한가운데 본관(本官) 사또는 주인이 되어 하인을 불러 분부하였다.

"관청색(官廳色, 관청과 수령의 음식물을 맡은 곳의 책임자) 불러 다과상을 올려라. 육고자(肉庫子, 지방 관아에 쇠고기를 바치던 관노) 불러 큰 소를 잡고, 예방(禮房)을 불러 고인(鼓人)을 대령하고 승발(承發, 지방 관아의 서리 아래에서 잡무를 맡아 보는 사람) 불러 차일(遮日, 햇볕을 가리기 위해 치는 포장)을 대령하라. 사령 불러 잡인을 금하라."

이렇듯 요란할 때, 깃발이 휘날리고 육각(六角, 북, 장고, 해금, 태평소 한 쌍, 피리) 음악소리 공중에 떠 있고, 초록 저고리에 붉은 치마를 입은 기생들이 하얀 손을 높이 들어 춤을 추었다.

"지화자, 두덩실, 좋다."

하는 소리, 어사또 마음이 심란하였다. 화를 누르고 한 번 놀려줄 심산으로 어슬렁어슬렁 잔치판으로 걸어 들어갔다.

"여봐라, 사령들아, 너의 원님께 여쭈어라. 먼 데 있는 걸인이 좋은 잔치를 당하였으니, 술과 안주를 좀 얻어먹자고 여쭈어라."

저 사령 거동 보자.

"어느 양반인데, 우리 안전님 걸인 혼금하니, 그런 말은 내도 마오."

등을 밀쳐내니, 어찌 아니 명관(明官)인가? 운봉(雲峰)이 그 거동을 보고 본관에게 청하였다.

"저 걸인의 의관은 남루하나 양반의 후예인 듯하니, 말석에 앉히고 술잔이나 먹여 보냄이 어떠한가?"

하니, 본관 사또가

"운봉 소견대로 하오마는……."

하고 마지못해 입맛을 다시며 허락하였다. 어사또 속으로,

'오냐, 도적질은 내가 하마. 오라는 네가 져라.'

되뇌이며 주먹을 꽉 쥐고 있는데, 운봉 수령이 분부하였다.

"저 양반 드시라고 해라."

어사또 들어가 단정히 앉아 좌우를 살펴보니, 마루 위의 모든 수령들이 다과상을 앞에 놓고 진양조 느린 가락을 즐기는데, 어사또 상을 보니 어찌 아니 분통하겠는가. 귀퉁이 떨어진 개다리 소반에 닥나무 젓가락, 콩나물에 깍두기, 막걸리 한 사발이 놓였구나. 상을 발길로 탁 차 던지며, 운봉의 갈비를 슬쩍 집어들고,

"갈비 한 대 먹고 지고."

"다리도 잡수시오."

하고 운봉이 하는 말이,

"이러한 잔치에 풍류로만 놀아서는 맛이 적사오니, 운자(韻字)를 따라 시 한 수씩 지어보면 어떠하오?"

"그 말이 옳다."

다들 찬성하니, 운봉이 먼저 운(韻)을 낼 때, 높을 고(高) 자, 기름 고(膏) 자 두 자를 내어놓고 차례로 운을 달아 시를 지었다. 앞사람이 끝나면 앞사람을 받아 뒷사람이 시를 지을 때 어사또가 끼어들어 말하였다.

"이 걸인도 어려서 추구권(抽句卷, 유명한 글귀를 뽑아 적은 책)이나 읽었더니, 좋은 잔치를 맞아 술과 안주를 포식하고, 그냥 가기 염치가 아니니, 한 수 하겠소이다."

운봉이 반겨 듣고 붓과 벼루를 내어 주니, 글 두 구(句)를 지었으되, 민정(民情)을 생각하고 본관 정체(政體)를 생각하여 지었겠다.

> 금 술잔의 좋은 술은 수많은 백성의 피요,
> 옥 쟁반의 좋은 안주는 만백성의 기름이라.
> 촛불의 눈물이 떨어질 때 백성의 눈물 떨어지고,
> 노랫소리 높은 곳에 원망소리 높도다.

이렇듯이 지었으니 술에 취한 변사또는 무슨 뜻인지도 모르지만, 글을 받아 본 운봉은 속으로,

'아뿔사, 일이 났다.'
하고, 어사또가 작별인사를 하고 간 연후에, 공형(公兄, 각 고을의 호장, 이방, 수형리)을 불러 분부하였다.
"야야, 일이 났다."
공방(工房) 불러 자리 단속, 병방(兵房) 불러 역마 단속, 관청색(官廳色) 불러 다과상 단속, 옥형리(獄刑吏) 불러 죄인 단속, 집사 불러 형벌 기구 단속, 형방 불러 문부(文簿, 뒷날에 상고할 글발과 장부) 단속, 사령 불러 합번(合番, 중대한 일이 있을 때에 관리들이 모여 숙직함) 단속, 한참 이렇게 요란할 때, 눈치 없는 본관 사또가 운봉을 향해 말을 던졌다.
"여보, 운봉은 어디를 그리 바삐 다니시오?"
"소변을 보고 들어오오."
그때 술이 거나하게 취한 변사또가 술주정을 하느라고 느닷없이 분부하였다.
"춘향이 급히 불러 올려라."

암행어사가 출두하다

이때 어사또가 서리에게 눈길을 주어 신호를 하니, 서리(胥吏) · 중방(中房) 행동을 보자. 역졸을 불러 단속할 때, 이리 가며 수군, 저리 가며 수군수군. 서리 · 역졸들의 모습을 보자. 한 가닥 올로 지은 망건에 공단(貢緞, 무늬가 없는 두꺼운 비단) 갓싸개, 새 패랭이 눌러 쓰고, 석 자 길이 감발(발감개. 버선 대신 발에 감는 좁고 긴 무명)에 새 짚신 신고,

속적삼 · 속바지 산뜻이 입고, 육모 방망이에 사슴 가죽끈을 매달아 손목에 걸어 쥐고, 여기서 번뜻 저기서 번뜻, 남원 읍이 웅성웅성하였다.

이때 청파역졸의 행동을 보자. 달 같은 마패 햇빛같이 번뜻 들어,

"암행어사 출두(出頭)야."

역졸들이 일시에 외치는 소리에 강산이 무너지고 천지가 뒤집히는 듯하니 산천 초목인들 금수인들 아니 떨겠는가. 한 번 소리가 나자 남쪽 문에서도,

"출두야!"

북쪽 문에서,

"출두야."

동 · 서쪽 문에서 '출두야' 소리가 푸른 하늘에 천둥 치듯 진동하고,

"공형 들라."

하고 외치는 소리에 육방이 넋을 잃었다.

"공형이오."

하고 등채(옛날 전쟁에서 군인들이 쓰던 채찍)로 후닥닥 갈기니,

"아이고, 죽는다. 공방, 공방."

하며 공방이 자리를 들고 들어와,

"안 하려는 공방을 하라고 하더니, 저 불 속에 어찌 들어갈까?"

하자, 또 등채로 후닥닥 갈기니,

"애고, 박 터졌네."

하며 좌수(座首) · 별감(別監, 시골관청의 우두머리들)이 넋을 잃고, 이방, 호

장이 정신을 잃고, 삼색나졸(三色邏卒, 옛날 지방관아에 딸린 나장, 군뢰, 사령 등 세 하인을 함께 이르는 말)들이 바빴다.

모든 수령들이 도망갈 때의 모습을 보자. 직인이 담긴 인궤(印櫃, 관청에서 사용하는 도장을 넣어두던 상자)를 잃고 과절(밀가루를 꿀과 기름에 반죽한 뒤 판에 박아 기름에 띄워 지진 음식) 들고, 병사를 지휘하는 병부(兵符, 발병부. 동글 납짝한 나무쪽에 '발병' 이라 써서 군사를 일으킬 때 내리던 표)를 잃고 송편 들고, 탕건(갓 아래에 바쳐 쓰는 관의 한 가지)을 잃고 죄인이 쓰는 용수(술을 거르는데 쓰는 싸리로 만든 긴 통) 쓰고, 갓 잃고 소반 쓰고, 칼집 쥐고 오줌을 누려고 하였다. 부서지는 것은 거문고이고, 깨지는 것은 북, 장고였다.

본관 사또가 똥을 싸고, 멍석 구멍 생쥐 눈 뜨듯 하고 안채로 들어가서,

"어! 추워라, 문 들어온다. 바람 닫아라. 물 마른다. 목 들여 보내라."

관청색은 상(床)을 잃고 문짝을 이고 내달으니 서리와 역졸이 달려들어 후닥닥,

"애고, 나 죽네."

이때 어사또가 분부하였다.

"이 고을 대감이 자정하시던 고을이다. 소란을 금하고 객사로 옮기어라!"

관아를 한 자리에 정리하고 동헌에 올라앉은 후에,

"본관은 봉고파직(封庫罷職, 어사 감사가 못된 원을 파면시키고 관가의 창고

를 봉해 잠그는 일) 하라!"
하고 다시 분부를 내렸다.

"본관은 봉고파직이오!"

동서남북 사대문 밖에 봉고파직이라는 암행어사의 명이 나붙었다. 절차에 따라 옥의 형리를 불러,

"네 고을 옥에 갇힌 죄수를 다 올려라!"
하고 호령하자 죄인을 올리는데, 다 각각 죄를 물은 후에 죄 없는 자는 풀어주었다.

이때 어사또가 물었다.

"저 계집은 무엇이냐?"

형리가 여쭈었다.

"기생 월매의 딸인데 관청 뜰에서 포악하게 군 죄로 옥중에 있습니다."

"무슨 죄냐?"

형리가 말하였다.

"본관 사또의 수청으로 불렀더니 수절이 정절이라 수청을 아니 들려 하고, 사또 앞에서 악을 쓰며 대어든 춘향입니다."

어사또가 분부를 내렸다.

"네년이 수절한다고 관청 뜰에서 포악하였으니 살기를 바라느냐? 죽어 마땅하지만, 내 수청도 거역하겠느냐?"

춘향이 기가 막혀 말하였다.

"내려오는 관장마다 모두가 명관이로구나. 수의사또(어사또를 영화롭

게 부르는 말) 들으시오. 층암 절벽, 높은 바위가 바람이 분다고 무너지며, 청송(靑松) 녹죽(綠竹)이 눈이 온다고 변하겠습니까. 그런 분부 마시고 어서 빨리 죽여주시오."

하면서 무슨 생각이 났는지 황급히 이리저리 두리번거리며 향단을 불렀다.

"향단아, 서방님 어디 계신가 살펴보아라. 어젯밤에 옥문간에 오셨을 때 천만 번 당부하였더니 어디로 가셨는지 나 죽는 줄 모르는가?"

어사또가 다시 명령을 내렸다.

"얼굴을 들어 나를 보아라!"

춘향이 고개를 들어 대 위를 살펴보니, 걸객으로 왔던 낭군이 어사또로 뚜렷이 앉았구나. 순간, 춘향은 깜짝 놀라 눈을 질끈 감았다가 떴다.

"나를 알아보겠느냐? 네가 찾는 서방이 바로 여기 있느니라."

어사또는 즉시 춘향의 몸을 묶은 오라(옛날 죄인을 묶던 줄)를 풀고 동헌 위로 모시라고 명을 내렸다. 몸이 풀린 춘향은 반웃음 반울음으로,

"얼씨구나 좋을씨구. 어사 낭군 좋을씨구. 남원읍에 가을 들어 낙엽처럼 질 줄 알았더니 객사에 봄이 들어 봄바람에 핀 오얏꽃이 날 살린다. 꿈이냐 생시냐? 꿈을 깰까 염려로다."

한참 이리 즐길 때에 춘향 어미 들어와서 한없이 기뻐하는 말을 어찌 다 말할 수 있을까.

춘향이 어사또와 행복해지고 정렬부인이 되다

춘향의 높은 절개가 광채 있게 되었으니 어찌 아니 좋겠는가. 어사또는 남원 공사를 모두 처리하고 춘향 모녀와 향단이를 서울로 데려갈 때, 위세가 당당하니 세상 사람들이 모두 칭찬하였다.

이때 춘향이 남원을 떠날 때 영화롭고 귀하게 되었건만 정든 고향을 이별하려니 한편 기쁘고 또 한편 슬프지 아니하겠는가.

> 놀고 자던 부용당아
> 너 부디 잘 있거라.
> 광한루, 오작교며
> 영주각도 잘 있거라.
> 봄뜰은 해마다 푸르건만
> 왕손(王孫)은 다시 못 온다더니
> 나를 두고 이른 말이로구나.
> 다 각기 이별할 때 오랫동안 별일 없으십시오.
> 다시 보기는 힘들지도 모르겠소.

이렇듯 마음속으로 빌며 작별인사를 하였다.

이때 어사또는 전라도, 경상도를 돌며 민정을 살핀 후에 서울로 올라가 임금 앞에 절하니, 삼당상(三堂上, 육조의 판서, 참판, 참의)에 들어가서 문부를 잘 검토한 후, 임금이 크게 칭찬하고 곧바로 이조참의(吏曹參議, 이조의 정삼품의 당상관. 참판의 다음 벼슬) 대사성(大司成, 성균관의 정삼품의 으뜸 벼슬)으로 봉하고 춘향이를 정렬부인(貞烈夫人, 정조를 지킨 부인에게 내리는 정삼품 통정대부 이상의 품계)으로 봉하였다. 그러자 어사또와 춘향이는 임금의 은혜에 감사하며 물러나와 부모를 뵙고 또한 부모의 은혜에 감사하였다.

이조판서, 호조판서, 좌우영상을 다 지내고 벼슬을 물러난 후에 정렬부인과 더불어 백년해로를 하였다. 이몽룡은 정렬부인에게서 삼남 이녀를 두었으니 모두 총명하여 그 부친을 뛰어넘고, 자손대대로 벼슬이 일품으로 만세(萬世)에 계속 전해졌다.

이야기 따라잡기

숙종 때 전라도 남원에 사는 퇴기 월매(月梅)에게는 춘향(春香)이라는 아름다운 딸이 있었다. 하루는 오월 단오가 되어 남원 부사의 아들 이몽룡(李夢龍)이 방자를 데리고 광한루에 나와 봄 경치를 즐기며 시(詩)를 읊고 있었다. 그때 마침 춘향이 향단(香丹)을 데리고 광한루 앞에 있는 시냇가 버들 숲에서 그네를 뛰는 모습을 보게 되었다. 그네 뛰는 춘향을 발견한 이도령은 첫눈에 반하여 방자를 시켜 만나보고, 그날 밤에 집으로 찾아가 춘향의 어미인 월매를 만나 자기의 결심을 말하고, 춘향과 백년해로(百年偕老)의 굳은 언약을 한다. 그 뒤 두 사람은 날마다 만나서 사랑을 나누게 된다.

그러나 얼마 후 이몽룡의 아버지가 내직(內職)으로 옮기게 되어, 이몽룡도 아버지와 함께 상경(上京)하게 된다. 이에 이몽룡은 춘향을 찾아가 훗날을 기약하고 작별의 정을 나눈다. 춘향은 이몽룡과의 이별에 신세를 한탄하며 서러워한다. 이몽룡은 연락할 것이라 하고 말을 타고 떠난다. 이몽룡을 서울로 보낸 춘향은 날마다 반가운 소식이 오기만을 기다리지만, 소식이 없다.

이때, 남원에는 새로운 부사로 변학도(卞學道)가 부임해온다. 변학도는 부임하자마자 기생들의 점고(點考)부터 시작한다. 50명의 기생들을 다 점고해도 변학도 눈에 드는 기생이 없자, 남원에서 가장 아름답다고 소문난 춘향을 강제로 불러들인다. 변학도는 춘향의 절대적인 미모에 넋을 잃고, 수청(守廳)을 강요한다. 그러나 춘향은 죽기를 각오하고 일부종사(一夫從事)를 고집하며 수청을 거절한다. 이에 분노한 변학도는 형리에게 춘향을 형틀에 매어 치라고 명한다. 춘향은 매를 맞으면서도 수청을 거부하며 죽여달라고 하다가 칼을 쓰고 옥에 갇히는 신세가 된다. 변학도는 다가오는 자신의 생일 잔치에서 최후로 수청을 요구해보고 그때에도 거절하면 춘향을 처형하기로 한다.

월매가 이 소식을 듣고 옥으로 찾아와 춘향을 안고 한탄하며 서울에 소식을 전하려 한다. 춘향은 월매를 말리며 옥에 갇힌 채 「장탄가」를 부르며 운다. 춘향이 달에게 이도령의 안부를 묻다가 잠들어 꿈을 꾸게 된다. 춘향은 그 꿈이 죽을 꿈이라고 생각하고 수심에 가득하여 더 이상 잠을 이루지 못한다. 그때 마침 점을 보는 봉사가 옥 밖을 지나가자 춘향이 월매에게 봉사를 불러 달라고 청한다. 춘향이 꿈 해몽과 앞날에 대해 묻자, 봉사는 이몽룡이 곧 올 것이라며 꿈과 까마귀 울음은 좋은 징조라고 말한다.

한편, 아버지를 따라 서울로 올라간 이몽룡은 열심히 공부하여 과거에 장원급제(壯元及第) 하고, 암행어사가 되어 전라도로 내려오게 된다. 부하들을 전라도 각 지역에 파견시키고 자신도 신분을 숨긴 채 민심(民心)을 살피러 나선다. 이몽룡은 도중에 만난 농부들에게서 춘향이 수난을 당하고 있다는 이야기를 듣고, 춘향의 집을 찾아가 월매를 만난다. 거지꼴을 하고 나타난 이몽룡의 행색을 보고 월매는 실망하여 그를 구박한다. 그런데도 이몽룡은 태연한 척하며 옥으로 찾아가 춘향을 만난다. 춘향은 이몽룡의 행색에 아랑곳하지 않고 어머니에게 이몽룡을 부탁한다.

드디어 변학도의 생일이 된다. 각 읍 관장이 다 모이고 성대한 향연이 베풀어진다. 이 자리에 이몽룡이 걸인 행색으로 나타나 시를 읊어 모두에게 경고하고 간다. 그런데도 술에 취한 변학도는 이에 신경도 쓰지 않은 채 춘향을 불러내어 다시 수청을 강요하려고 한다. 바로 이때, 이몽룡이 어사로 출두하자 생일 잔치는 순식간에 아수라장이 된다. 이몽룡은 변학도를 파직시키고 춘향을 구한다. 그리고 춘향을 서울로 데려가서 부인으로 맞이하여 백년해로(百年偕老) 하고, 자손 대대로 부귀영화를 누린다.

쉽게 읽고 이해하기

『춘향전』에서 무엇을 찾을 수 있는가?

『춘향전』은 조선 후기 사회의 각 계층을 대표하는 인물들을 그려내는 데 성공한 소설이다. 『춘향전』은 표면적으로는 한 남자만을 사랑해야 한다는 '절개'를 강조한 것처럼 보이지만, 그 내면에는 사람을 차별하는 신분제도에 대한 구체적인 비판을 통하여 모든 인간은 평등하다는 생각이 담겨 있다. 『춘향전』에는 처음부터 끝까지 인간은 평등하다는 춘향의 주장을 담고 있다. 따라서 결말 부분에서 이루어지는 춘향의 승리는 신분제에 얽매어 살아야 하는 현실에서 벗어나고자 하는 민중의 의지를 널리 확인시켜 주는 상징적인 의미를 지닌다. 즉 춘향의 신분제도에 대한 저항과 승리는 춘향 개인의 성취에 머물지 않고, 춘향과 같은 신분의 모든 사람에게 확산된다는 점에서 많은 독자의 공감을 불러일으키는 것이다.

『춘향전』의 작가는 누구인가?

『춘향전』은 서민과 광대, 평민, 양반 등으로 여러 방면의 사람들이 작가로 참여하여 만들어낸 작품이다. 원래 판소리계 소설은 작가가 여럿이라는 점이 그 내용과 표현 면에서 뚜렷하게 드러난다. 즉, 내용 면에서 수많은 이본(異本, 같은 내용으로 되어 있지만 찍어낸 판 또는 펴낸 때나 곳이 다른 책)에 따라 인물 설정이나 이야기 전개 등이 차이를 보이며, 표현 면에서는 양반들의 유식한 문자와 서민과 광대들의 상스러운 말이 뒤섞여 있다.

이와 같이 『춘향전』은 여러 사람의 공동작으로, 흔히 성장문학(成長文學)이며 유동문학(流動文學) 그리고 적층문학(積層文學)이라고 한다. 성장문학이란 설화를 바탕으로 만들어지고 다듬어졌다는 뜻이며, 유동문학이란 이렇게 성립된 사설이 여러 사람들에 의해 첨가되고 다듬어졌다는 뜻이다. 또한 적층문학이란 많은 사람이 오랜 기간에 걸쳐 작품을 계속 창작하는 것을 뜻한다.

『춘향전』의 재미는 어디에 있는가?

사건이 흥미롭게 전개된다는 점에서 『춘향전』의 재미를 찾아볼 수 있다. 춘향과 이몽룡이 오월 단오일에 광한루에서 잠깐 만나 서로 말을 주고 받더니 바로 그날 밤 육체적 사랑 놀음을 벌인다. 이후 춘향과 이몽룡은 애절하게 이별하게 되고, 곧 춘향은 신임사또 변학도의 수청을 들지 않는다 하여 죽을 지경에 이를 정도로 매를 맞고 옥에 갇힌다. 그러나 이몽룡이 어사가 되어 춘향은 구출될 뿐만 아니라 부부가 되어 모든 소원을 다 이룬다. 이 작품은 행복과 고난을 극적으로 교차시키면서 갖가지 긴장을 만들어내어 독자를 작품 속에 빠져들게 한다. 결국 신분 차이가 나는 젊은 두 남녀가, 이별과 죽음의 위기를 극복하고, 극적으로 사랑을 이루게 된다는 내용의 이야기다.

성춘향, 그녀는 누구인가?

『춘향전』을 읽다 보면 춘향의 세 가지 모습을 보게 된다.

첫째, 춘향은 기생이 아닌 척하지만 타인들은 기생으로 보는 데서 갈등이 일어난다. 이것은 퇴기의 딸로 태어났기 때문에 춘향 또한 기생 신분에서 벗어날 수 없다는 주위 사람들의 태도에도 불구하고 춘향 자신은 기생이라는 신분적 제약에서 벗어나려는 강한 욕구를 지니고 있음을 의미한다. 춘향은 비록 기생 신분이기는 하나 뭇 남성들의 노리개로서 그들에게 몸을 허락하는 기생이 아니라 하나의 주체적 인격으로서 일부종사하는 것이 꿈이었다고 할 수 있다. 이것은 인간으로서 정당한 요구와 권리를 누리면서 행복하게 살기를 소망하는 춘향의 면모를 보여주는 것이다.

둘째, 이처럼 기생이라는 사회적 신분을 부정하고 신분적 제약을 뛰어넘으려는 춘향으로서 강인한 성격을 지니고 있다는 것은 당연한 일이다. 그래서 춘향은 기생으로서는 넘보아서는 안 될 것을 이몽룡에게 요구하기에 이른다. 그러나 춘향이 이몽룡을 사랑하게 된 것을 부귀영화와 상류사회에로의 신분 상승을 미리 계산한 어떤 의도적인 것이라고 보아서는 안 된다. 그것은 춘향이 기생 신분에서 벗어나고

자 했던 욕구와 이상을 평소에 품어왔으며 이와 함께 자신의 감정에 충실히 따랐을 뿐이라는 뜻이다.

셋째, 춘향은 신분적 제약이 강조되는 현실을 부정할 뿐만 아니라 현실에 저항하는 모습을 보이고 있다. 특히 춘향과 변학도라는 악질 탐관오리와의 충돌에서 직접 드러나는데, 이로써 춘향의 저항이 가장 보수적인 현실에 맞서는 것임을 알 수 있다.

이몽룡, 그는 누구인가?

이몽룡이라는 인물 또한 세 가지 모습을 보인다.

첫째, 풍류를 아는 호탕한 남자이다. 그래서 그네 뛰는 춘향에게 호기심이 생겨 다가간다. 그러나 춘향에게서 여느 기생과는 다른 면모를 발견하고 깊은 사랑에 빠지게 된다.

둘째, 백성을 사랑할 줄 아는 관리이며, 민중과 공감대를 이루는 인물이다. 이몽룡은 춘향과의 관계를 통해 민중의 고통과 분노를 자신의 것으로 받아들이게 된다. 춘향이 탐관오리의 전형인 변학도에게 저항하는 저변에는 이몽룡과의 애정이 뒷받침되어 있고, 또 이몽룡이 암행어사로서 변학도를 물리치는 데는 춘향으로 대표되는 민중과의 공감대가 뒷받침되어 있다.

셋째, 보수적인 사고방식에서 벗어나 양심적으로 살아가려는 양반의 모습을 보인다. 이몽룡은 자신이 속해 있는 양반 지배층의 계급적 편견은 물론, 춘향을 배신한 것으로 의심하는 민중들의 오해를 풀어야만 하였다. 결국 이몽룡은 이 모두를 극복하고 춘향과 사랑을 이루는 데 성공한다.

『춘향전』에는 어떤 민중의식이 담겨 있는가?

춘향은 신분적 차이를 뛰어넘어 인간으로서의 기본 권리를 찾는 과정에서 이몽룡과의 사랑을 이루는 한편, 신분적 차이를 강조하는 변학도에게 필사적으로 저항한다. 바로 이 세 사람의 관계 속에 『춘향전』은 그 시대 민중의식을 집약적으로 보여준다. 곧 춘향은 신분적 제약에서 벗어나 인간다운 삶을 누리려는 당시의 민중을, 이몽룡은 보수적인 양반층 가운데서도 양심을 지키며 살아가려는 일부 양반을, 변학도는 반 민중적이고 부패한 탐관오리를 각각 대표하는 것으로 볼 수 있다. 그러므로 춘향의 이몽룡에 대한 사랑과 변학도에 대한 저항에는 양심적 양반과 결합하여 민중을 괴롭히는 탐관오리나 지나치게 보수적인 일부 양반 계층을 물리쳐야 한다는 의미를 지니고 있다. 또한 그렇게 함으로써 그 시대의 봉건적 현실을 바로잡고 자신들의 사회·경제적 지위를 향상시킬 수 있을 것이라고 믿는 민중의 정치적 이상을 반영한 것으로 볼 수 있다.

사랑은 눈으로 보지 않고 마음으로 보는 것이다.

— 윌리엄 셰익스피어(영국의 극작가, 1564~1616)